suhrkamp taschenbuch 5331

März 1946. In Blakendorf in der Lüneburger Heide versucht der Kriegsheimkehrer Schmidt sein Leben neu einzurichten. Er wird in eine Baracke eingewiesen, die auch zwei junge Flüchtlingsfrauen, Grete und Lore, bewohnen. Die Not ist so groß wie die Verachtung der Einheimischen für die Flüchtlinge. Schmidt, der an einer Biografie über Fouqué arbeitet, beeindruckt die beiden Frauen, und schon bald entwickelt sich ein Liebesverhältnis mit Lore. Das Glück währt jedoch nicht lange, denn Lore nimmt das Heiratsangebot eines reichen Cousins an und emigriert nach Mexiko, um den materiellen Entbehrungen zu entfliehen.

ARNO SCHMIDT wurde am 18. Januar 1914 in Hamburg geboren. Nach seiner Entlassung aus englischer Kriegsgefangenschaft arbeitete er zunächst als Dolmetscher, von 1947 an als freier Schriftsteller. 1958 zog er mit seiner Frau Alice nach Bargfeld (Kreis Celle), wo er bis zu seinem Tod zurückgezogen lebte. Arno Schmidt starb am 3. Juni 1979 in Celle. Zwei Jahre nach seinem Tod gründeten seine Frau Alice Schmidt und Jan Philipp Reemtsma die Arno Schmidt Stiftung (www.arno-schmidt-stiftung.de).

Weitere Titel von Arno Schmidt im suhrkamp taschenbuch: *Schwarze Spiegel* (st 5270), *Seelandschaft mit Pocahontas* (st 5271), *Kühe in Halbtrauer* (st 5272), *KAFF auch MARE CRISIUM* (st 5273), *Aus dem Leben eines Fauns* (st 5332), *Die Gelehrtenrepublik* (st 5333), *»Es gibt keine Seligkeit ohne Bücher«*, hg. von Bernd Rauschenbach (st 5334).

Arno Schmidt
Brand's Haide

Roman

Suhrkamp

Die Erstausgabe erschien 1951 im
Rowohlt Verlag, Hamburg.

Erste Auflage 2023
suhrkamp taschenbuch 5331

Umschlagfoto: Arno Schmidt
Gestaltung, Satz: Friedrich Forssman
Druck und Bindung: CPI books GmbH, Leck
Dieses Buch wurde klimaneutral produziert.
climatepartner.com/14438-2110-1001
Printed in Germany
ISBN 978-3-518-47331-3

www.suhrkamp.de

Brand's Haide

21. 3. 1946 : auf britischem Klopapier.

Glasgelb lag der gesprungene Mond, es stieß mich auf, unten im violen Dunst (später immer noch).

»Kaninchen«, sagte ich; »ganz einfach : wie die Kaninchen!«. Und sah ihnen nach, ein halbes Dutzend, schultaschenpendelnd durch die kalte Luft, mit Stöckelbeinen. Drei derbere hinterher; also Söhnchen der Ortsbauern. Eltern, die immer noch Kinder in diese Welt setzen, müßten bestraft werden (d. h. finanziell : fürs erste Kind müßten sie 20 Mark monatlich zahlen, fürs zweite 150, fürs dritte 800).

»Wieso gerade 800?« Ich sah ihn an : ein alter Mann (genauer : älterer). Rauhes Wollzeug, Stiefel, vor ihm ein Karren mit feinstem Herbstlaub, matt, rot und rötlich. Ich nahm vorsichtig ein Blatt herunter (Ahorn) und hielt das durchsichtige gegens Licht : meisterhaft, meisterhaft. (Und welche Verschwendung! Der muß es dicke haben!) »No«, sagte ich leutselig (wollte ja auch noch eine geographische Auskunft!), »also meinetwegen : 1000. – Meinen Sie nicht, daß es gut wäre?« »Hm«, schob er nachdenklich, »von mir aus schon. Es hat viel zu viel auf der Welt : Menschen.« »Na also«, resümierte ich (dies Thema) : »auswandern lassen sie uns nicht. Bleibt also nur rigorose Geburtenbeschränkung; Pfaffengequätsch ist quantité négligeable –« (er nickte, zutiefst überzeugt) »– in 100 Jahren ist die Menschheit auf 10 Millionen runter, dann läßt sich wieder leben!« Ich hatte wenig Zeit; auch kam ein hundekalter Wind die schöne verwachsene Schneise herunter; ich fragte den Pelzgestiefelten (solide Arbeit : mir fiel unwillkürlich das Wort »Bärenfell« ein!) : »Noch weit bis Blakenhof?« Er zeigte mit dem breiten Kopf : »Da!« pommte er kurz : »kleines Nest« und : »Sie kommwoll aus Gefangenschaft? – Vom Iwan??«. »Nee«, sagte ich bluffig, widrige

Erinnerungen kürzend : »Brüssel. Vom Engländer.« »Und? Wie waan die?«. Ich winkte ab : »Einen genommen und den Andern damit geprügelt. Etwas besser als der Russe natürlich.« Aber : »14 Tage lang haben wir manchmal keinen Stuhlgang gehabt. Im Juli haben sie uns Stille Nacht, Heilige Nacht singen lassen : eher durften wir nicht wegtreten.« »Nee, nee : Persil bleibt Persil!« (d.h. Freiheit!) Aus seinen blauen Augen nahm ich weitere Fragen : »Der Landrat«, erläuterte ich überdrüssig brauendrückend : »Zum Schullehrer eingewiesen«. »Och : das iss Der drüben!« wies er mit hohen Augen : »Da oben, wo die Kirche iss. – – Zum Lehrer?? : iss doch gar kein Platz mehr! – *Auch* Lehrer?« Ich schüttelte entschieden, entschloß mich : »Schriftsteller«, sagte ich, »und ausgerechnet bei der Kirche? Deus afflavit ...« (und winkte gähnend ab). Er grinste (gloobt also ooch nischt : guter Kern hier in Niedersachsen!). Aber neugierig war er auch : »Schriftsteller!« sagte er munter : »so für Zeitungen, was?!«. »Nichts da«, entgegnete ich entrüstet (schätze Journalistenarbeit nicht) : »kurze Erzählungen; früher süß, jetzt rabiat. In den Zwischenräumen Fouqué-Biographie : so als ewiges Lämpchen.« Er sann und faltete ein Graumaul : »Fouqué –« sagte er bedeutsam : »frommer Mann das. – – n Baron, nich?« »Und ein großer Dichter dazu«, sagte ich herb, »ich bin nichts von alledem. Dennoch!« Dann fiel er mir auf : »Sie wissen von Fouqué?!« fragte ich mit schwacher Teilnahme (derbe Hände, aber eine Mordsnase. Und der Wind fing wieder an zu pfeifen, als käme er von den Sigynnen : die mit den zottigen Hunden). »Die Undine kennt Jeder von uns erementaschen hier«, versetzte er mit Würde; ich hatte das vorletzte Wort nicht verstanden; wollte auch keine Zeit verlieren, denn die Knochen taten mir weh vom Schleppen. Ich stand vom Schemel auf : »Also da rum –« sagte ich müde; »Ja : hier –« er nahm einen Zweig und kratzte in den Sand des Radfahrweges : »Den S-teig hoch; die Kirche bleibt rechts; links wohnt der Supperndent –« (ich winkte ab : nur Palafox und Sarpi waren ehrwürdig; vielleicht noch Muscovius; vielleicht noch mehr. Na, ist egal.) : »– das Neue ist das Schulhaus : so rum!« – »Danke.«, nahm die Munikiste hoch (ein Prachtstück : innen Zinkwanne mit Gummidichtung, wie ne Tropenpackung) : »Wiedersehn!«. Er strich sich mit der Hand übers Gesicht und war weg (verschwinden kann heutzutage Jedermann; ich hab mal Einen gesehen, neben dem ne achtundzwanziger einschlug!)

Den Wasserschlauch : beim Pfarrer dehnte ihn Einer in feisten Händen : Laokoon oder über die Grenzen von Malerei und Dichtkunst. Oben verwüsteter Himmel, trostlos wie ein leeres Kartoffelfeld, fehlen bloß Treckerspuren und Igel, don't ask me, why. Stattliche Figur, nebenbei, der Dicke, d.h. nach dem Tode gut seine anderthalb Düngerkarren wert. Und neben der Kirche : mir bleibt auch nichts erspart! – Ich fühlte mich auf dem freien Platze irgendwie exponiert : wenn mir jetzt eine Sternschnuppe auf den Hinterkopf fällt; und ging beleidigt um die Ecke. (Ein Buchtitel fiel mir ein : »Hör mal!« = Gespräche mit Gott.)

»O Gott!« sagte sie, ältlich und dünn. Ich zuckte sämtliche Achseln : »Der Landrat hat mich hierhergewiesen« sagte ich, als seis persönlich unter lauter shake-hands geschehen, und blickte unerbittlich auf Stempel und Signum (in hoc signo vinces; hoffentlich). »Na ja; kommen Sie bitte rein«, kapitulierte sie. Ich stellte den Hocker in den Flur, hob die dicke Kiste am Seilgriff darauf, und folgte ihr in ein Wohnzimmer : komplett grün und mit Goldschnitt. Brandmalerei hing gegenüber; dies galt für vornehm und üppig damals (auch meine Eltern ...); ein Bücherschrank, vor den ich sogleich hintrat, nachdem ich mich kurz zu erkennen gegeben hatte; Bücher. 200 etwa. »Wir haben den ganzen Ganghofer«, stolz; und sie wies auf die jägergrüne Reihe. »Jaja, ich sehe« antwortete ich düster : also Brandmalerei und Ganghofer : ich würde mich wie bei Muttern fühlen. Ein greises Brockhauslexikon : ich griff kalt den Band F heraus; Fouqué; ... »nach den Freiheitskriegen lebte er abwechselnd in

Nennhausen *und Paris* (sic!)«, las ich und lächelte eisig. Richtig : da war auch das Vertikow; mit Spiegelchen, Beulen, Zinnen; ein Borobudur von Mahagoni. Echtem. Aus Holz kann man Alles machen : sie fuhr einmal beherrscht und glücklich mit der Hand um ein drallgedrehtes Säulchen : so mochte Tristan die Isolde gestreichelt haben, oder Kara ben Nemsi den Rih.

»Schorsch« hieß ihr Lehrersohn. O. A. gewesen. Und ihre Augen stolzten unecht wie aus Gablonz. Oder Pforzheim. Dabei liefen alle Männer in gefärbten Tommyuniformen rum; alle Frauen trugen Hosen. Lächerliches Weib.

»Schriftsteller – ?« machte sie neugierig, und ihr ward sichtlich wohler, standesgemäßer. »Ja, aber ....«; kurz : sie zeigte es mir :

Das Loch : hinten, um die Ecke; am Kirchplatz. 2,50 mal 3,00 Meter; aber erst mußte das Gerümpel raus; Spaten, Hacken, Werkzeug, und ich erbot mich, das selbst zu machen (ich brauchte ohnehin Hammer und Zange, Nägel : eigentlich Alles cosa rara, wie?)

»Angenehm« sagte er lässig. Ende Zwanzig und schon volle Glatze; dazu jenes fatale Benehmen, wie es stets die Offiziere aller Zeiten ausgezeichnet hat. Pfui Bock. Worte, Worte; blöd, blöd : außerdem Einer von Denen, die schon mit 20 Jahren »aus Gesundheitsrücksichten« nicht rauchen oder trinken (Viele davon wandern dann sonntags seppelhosig und halsfrei nicht unter 60 km, und schätzen Holzschalen und Bauernblumen in primitiven Vasen); der hier tanzte; »leidenschaftlich«, wie ihm zu sagen beliebte : Du hast ne Ahnung von Leidenschaft!

»Drüben hats 2 Mädel« zeigte er mit dem Kinn eines Mannes, der sie aus- und inwendig zum Überdruß kennt : dann war gottlob wieder Unterricht und er ging; vamoose plenty pronto. Schon sangen Schulkinder mit festen Stimmen ein Lied; ein Schwächling hätte gesagt : klaren; aber ich erkannte tödlich genau, wie diese erzenen Kehlen in den Pausen würden brüllen können. (Wußte damals noch nicht, daß Superintendent Schrader ihnen das Toben auf dem Kirchplatz verwiesen hatte, und sie da-

für am Fußballfeld die Lüfte wahnsinnig machten). Vielleicht hielt man meine zerklüftete Kleidung auch für Originalstreiche eines Genies; unvermittelt fiel mir Dumont d'Urville ein und die Reise der Astrolabe. Wunderbare Illustrationen. Aber es war keine Zeit. Ich ging über den winzigen gekalkten Vorraum : ein Wasserhahn, der zum Zeichen des Funktionierens tropfte : das ist gut! (d.h. das Tropfen nicht; aber daß gleich Wasser dabei ist!)

Ich klopfte : »Entschuldigen Sie : – können Sie mir etwa Handfeger und Kehrschaufel leihen? Und einen Eimer mit Wischlappen : für ne halbe Stunde – ?« – – – Ein kleines stilles Mädchen, etwa 30, aber plain Jane, also eigentlich häßlich, stand am Tisch (ganz nette Einrichtung übrigens, obwohls auch nur eine Stube war. Aber ein großes Ding; lang; mindestens 8 Meter!); sie sah mich still und verlegen an : »Ja ....« sagte sie zögernd : »– wieso ....« und von hinten, wo hinter einer spanischen Wand wohl die Betten standen, kam eine scharfe blanke Stimme heraus : »Ja : wieso?! – Kommt gar nicht in Frage! –« Sie sprach noch mehr; aber ich zog schon die Tür zu : »Oh, Verzeihung –« hatte ich noch überhöflich gesagt : es war schön, zuerst etwas gekränkt zu werden; da hatten sie nachher gewisse Verpflichtungen; das war dann eine sichere Grundlage für weitere Anpumpungen. Aber erst mal stand ich da!

Wie heißt das : Eine Chaiselongue ohne Kopfteil und Federn, der auch der Bezugstoff fehlt? Die Lehrermutter verkaufte mirs, und ein paar Bretter, die ich barsch zurecht schnitt und auf den (ganz soliden, nebenbei) Holzrahmen nagelte. Blieb sogar noch was übrig; wenn ich mein Koppel zerschneide, kann ich n Paar Holzlatschen draus machen; brillianter Einfall. Große Bauern im Dorf, Einer soll 28 Rinder haben : Apel heißt er (wir wollen ihn den großen Kuhfürsten nennen). Natürlich lag jetzt alles voll Sägespäne und altem Dreck; Wände hübsch weiß gekalkt; Steinfußboden. Zuschließen ließ sichs auch nicht; nur ein eiserner Riegel mit Krampe : das setzte ein Vorhängeschloß voraus : dann eben nicht. Außerdem schienen »die Mädels« immer die Vordertür geschlossen zu halten, stets steckte der Schlüssel innen. Außen ein kleines handgeschriebenes Schild, allerdings unter vornehmem Cellophan (oder Transparit; damit Wolff & Co. nicht beleidigt ist); gelobt sei Mil Gov : man weiß immer gleich, wer da wohnt. Keine Frau kann mehr ihr Alter verschleiern (wie diese Albertine Tode : das ist ein ganz dolles Ding, denn Fouqué selbst hats nicht gewußt, wie alt seine Frau war. Äußerst merkwürdig.). »Lore Peters, 32 Jahre, Sekretärin«. »Grete Meyer, 32, Arbeiterin« : Dann hieß die mit dem großen Mund unweigerlich Peters (oder gerade nicht : Arbeiterinnen sind auch saftig frech und weltgewandt wie Fernfahrer; war jetzt nicht rauszukriegen). Ich nahm den Bleistiftrest aus der Tasche (das war im Lager ein Kleinod gewesen; vor allem auch Papier; ich hatte auf das seltene Klopapier gekritzelt und sigma und tau berechnet) und schriebs dazu : Name. Auch 32. Klein dahinter wegenm Platz : Schriftsteller : war so gut wie ne Vorstellung; denn ich wurde schon durch die koketten Scheibchengardinen (Fenster mit Tändelschürzchen) diskret beobachtet. Dann ging ich nach einem Handfeger übern Kirchplatz.

Ein runder Teich lebte seit 300 Jahren in der Sandgrube. Auch Frau Schrader schmiß mich mißtrauisch raus : liebe Deinen Nächsten wie Dich selbst : quod erat demonstrandum. Zu Frau Bauer (mein Gott : der Lehrerin!) ging ich nicht : ich hatte schon einen Ruf zu verlieren. Das Klo stand adrett, dreisitzig, allein draußen; hübsches Steinhäuschen, reinliche Kabinen; wohl für die Schulkinder erbaut; das Wasser lief; superb.

»Soll ich wegen einem Handfeger bis ins Dorf rennen?!« (und da krieg ich erst recht keinen!) So stand ich wieder auf der Landstraße, frierend und tückisch.

Rrumms stand der LKW; ein Tommy sprang ab, approchierte, und fragte kurz : »Dis way to Uelzen?!« Ich tat fremd in der Sprache (Dym Sassenach) – wußte auch wirklich nicht, ob er rechts oder links fahren müsse –; sann obediently und produzierte gefällig meinen Personalausweis, blau, AP Nr. 498109. Er faltete ergeben amüsiert den Mund und nickte : laß gut sein; noch einmal hob er die Finger : »Jül–zenn!« sagte er eindringlich : Nichts. Gar nichts. Schwang sich wieder hoch : wunderbare Schuhe, US-made mit dicken Gummisohlen : hat unser Barras nie mitgekonnt : by by. Wenn ich n Handfeger gehabt hätte, hätte ich wahrscheinlich etwas gedahlt, aber so nicht; schon überschlug ich im Gehen, was ich so Alles gesagt hätte, verscheuchte die müßigen Gedanken : komisch ist der Mensch, inclusive Schmidt .... Auch die Mädel würden jetzt oben vor der Tür stehen, d. h. eine davon Schmiere; die Andere, die Peters, sicher schon im Tadsch Mahal; würde die Grete reinrufen, sich übers Mobiliar, Pritschehockerkiste, mokieren : Mitleid, Scham, bessere Vorsätze : exzellent.

Stück Pappe : geht als Kehrblech, und n Zweig eventuell. Rutenbesen. Ich war wieder an der Schonung von vorhin : der Alte hatte auch solches Schanzzeug gehabt, als er die Waldwege abstaubte. Ich rief nochmal hallo; aber es war Niemand mehr zu sehen; er würde ja wahrscheinlich auch nicht seinen Lebensabend auf derselben Stelle verbringen. Ich ging unschlüssig ein Stück in die Schneise hinein : so Ästchen und Gesträuch abschneiden kann ich immer schlecht (bin Anti-Vegetarier in der Hinsicht); rausreißen schon gar nicht, und n Messer hatte ich nicht; so ein Mist. Schön hier. Nieseln tats auch; Brot mußt ich auch noch kaufen; in einer Stunde wars finster : das war das Wort : finster! In solcher Stimmung drehte ich wieder um : da stand der Bube unten am Eingang!

Ich sagte, atemlos : »Entschuldigen Sie, daß ich so gebrüllt habe. Ich wollte Sie nur mal fragen, ob Sie mir nicht für – – 40 Minuten – Ihr Gerät borgen können. Ich brings sofort wieder.« Und erzählte ganz kurz what's what. »Mm – Sie sind bes-timmt nich hier außer Gegend« lachte er befriedigt (das hatte er eigentlich vorhin schon gewußt; was sollte die Anmerkung : denn sie bloß so als Causeur zu machen, sah er viel zu schlau aus. Er mußte irgend was meinen. – Quien sabe; ich nicht). »Na ja«, sagte er mild; hob lauernd den Kopf : »Was wollten Sie denn da drinn?« Ich verschwiegs ihm nicht; aber ich wäre halt ein Pflanzenfreund, Wälderfreund, und siehe da : es wäre ja auch gut gewesen! Er nickte, zuerst gerunzelt, dann einverstanden : »Brave Gesinnung!« brummte er gönnerhaft : »– sehr brav. – Also 40 Minuten sagten Sie. – –« Er kratzte sich die breiten gesunden Ohren : »Nachher stellen Sie die Sachen man – an den kleinen Wacholder da hin, nich?!« Ich merkte mir das Büschel : »Ja aber,« sagte ich zögernd : »Wenn Sie nun nicht da sind; – und es sieht Jemand die Sachen von der Straße : kommt rein und –«. Er schüttelte, völlig sicher, den Kopf : »Hier kommt Keiner rein«, wußte er ganz entschieden; und : »Ich bin auch immer in der Nähe ....«. Er reichte mir den Besen, und ich dankte herzlich : prima!

Rechts trug ich die Sachen : langsam und ausdrücklich an den Fenstern der Hartherzigen vorüber : »Lore & Grete« : oh, ihr Brüder! (Eigentlich Schwestern; ich weiß).

Am Holderstrauch : das Lied meint zwar Holunder, aber ist egal. Jetzt kratzte *ich* mich hinter den Löffeln; es war mir doch nicht recht, das Zeug so einfach in die freie Wildbahn zu stellen; vielleicht kam er gleich (aber unterdessen machen sie die Läden im Dorfe zu, großer Fuchs!). Ich stand wie ein gemalter Wüterich, parteilos und so weiter. Regenwind bog sich um die Ecke und zischelte mir feucht ins Ohr : kanns nicht verstehen; ich zog ein braunes Blättchen, four by six, aus der Tasche, strich auf der Rückseite zwei müßige Formeln (Konfirmation = Christenkörung; und »Gebet und Notdurft verrichtet man ...« : warum sind Sie neugierig?); malte in Blockbuchstaben darauf »RECHT SCHÖNEN DANK« und knautschte es um den Schaufelgriff; döste weltblind : nein, es hatte keinen Zweck. Ich ging, langsam, mit queren Querulantenaugen : war das peinlich! Sah wieder zurück : klein lehnte es am zufriedenen Busch.

Auf der Straße. Schon war Licht in einem Haus drüben. Wieder den Kopf rum : – weg war es! Da kann man fertig sein. –

So ein Wildwestkaufhaus : wo es einfach alles gibt, ein Konsumverein. Ich wartete geduldig im gelben stickigen Lampenlicht; Schilder, Reklamen, Knorrs Suppenwürfel; Margarine wog man aufs halbe Gramm in Achtelpfunden. »Ein Brot« sagte ich (hart wie Deutschlands Jugend; na : da reichts länger); »Fett« : sie schnitt, klipp, Kreuzworträtselmuster in die Marken; »Hab ich Fleisch dran?«. Sie schätzte flüchtig übers grün getönte Holzpapier : »Normalverbraucher gibts den Monat keins«, kurz und hastig, sah mich an : »Käse ist noch da« sagte sie geschäftsmäßig : das machte 2 Harzer im Monat. »Haben Sie etwa Messer und Gabel zu kaufen?« fiel mir ein; die im weißen Kittel griente mir rund ins Gesicht : »Nee! Dat gifft dat noch nich wedder!« und hinter mir lachte dumpf der Hausfrauenchor. Scham überfiel mich ob meiner Weltfremdheit, zahlte 1,92 und wandelte »heim«. (Auch Papier zum Einpacken müsse man immer bringen, hatte sie mir noch eingeschärft : die Lumpen warten Alle auf eine Währungsreform!). Beim Superintendenten stand ein Riesenscheiterhaufen am Zaun; ich wollte erst nicht, aber dann steckte ich doch 2 Stückchen ein : »Laß uns, die wir Ritter der Nacht sind ...«

»Ob ich rüber gehe, nach einem Messer fragen?« Ich wußtes nicht. Ich räumte meine Kiste aus : 3 Zeltbahnen (aus Luthe; würde sich apart auf den Knöpfen schlafen, Prinzessin auf der Erbse, morgen trenn ich sie ab), eine ganze Decke, ein winkliger rötlicher Rest. Dann richtete ich sie als Speisekammer ein : in eine Ecke das Brot; pedantisch daneben die Käse, die Margarine; auf die andere Seite der Brotbeutel am Strick, den Aluminiumlöffel darauf : fermez la porte; wenn ich auf dem »Bett« saß, war sie, auf den Schemel gestellt, ein Tisch. Handtuch hatte ich noch, ein Stück Seife (Lux : in der Hinsicht waren die Engländer ganz groß zu uns gewesen; auch wunderbare kanadische Zahnpaste und Rasierseife in Tuben), Zahnbürste, Rasierapparat (mit

1 Klinge : das war auch noch so ein Ding!). Morgen mußte ich irgendwie ein Wandbrettchen machen. Und kalt wars in dem Stall; aber an einen Ofen war gar nicht zu denken; ich holte die 2 Stücke Holz aus der Tasche, legte sie in die Stubenecke, und projizierte mir wehmütig den dazugehörigen Ofen herum, mit glimmendem Feuermäulchen. O mei.

Fast dunkel : Noch mal draußen rumgetrieben; die Kleine kam vorbei und wollte eine Blechbüchse in die Aschengrube werfen. Ich überwand einen Anstandsrest (ach, es ist grausam!), holte sie ein und bat : »Verzeihung – wollen Sie die tin etwa wegwerfen – – ?« Sie blieb ganz still; dann fragte sie : »– Ja, wollen Sie denn –.« »Nicht den Inhalt«, sagte ich gutmütig, »ich brauch nur was zum Trinken und so.« (»Und so« war gut! Aber warum soll gerade ich immer Bedeutendes äußern?). »O Gott«, sagte sie; aber ich ließ ihr keine Zeit : »darf ich – !« fragte ich nochmals (und ballte schon die Hand in der Tasche : hätt ich doch bloß nichts gesagt!), und da hielt sie mir endlich das Ding hin : »Es sind Fischgräten drin«, erklärte sie schüchtern : »es hat Zuteilung gegeben.«; »Danke schön!« und weg war ich. (Mitsamt den Fischgräten; bin dann nochmal rausgegangen und hab die weggeschüttet. – Ist so ne kleine 8 ozs can, hoch und schmal, die Aufschrift konnte ich nicht mehr lesen, weils dunkel war. N bissel auswässern, wirds ohne weiteres ne Tasse!)

Licht von drüben : schön hell, wohl ne Hunderter (später erfuhr ich, daß Alle hier oben auf der Warft, einschließlich der Kirche, nur einen Zähler haben; da wird gebrannt, was bloß geht). Radio sang; ein feines hohes Pfeifen dazwischen, wie aus kühlen traurigen Weltraumtiefen; sie waren geschäftig dort oben in den Gestirnen; Zauberei. Ich widerstand der Versuchung reinzukucken (sie verdunkelten auch gleich); zog die Knobelbecher aus und legte mich hin : in Mantel und Mütze, ohne Reue; ich war nicht schuld dran; so ward aus Morgen und Abend der erste Tag. (Aber die Knöpfe müssen unbedingt runter!)

Öreland : dies hab ich am 22.3. gegen Morgen get- (bäh! wird

grade getrennt!) räumt; kein Wort verstellt! (Wie auch die andern Träume im Leviathan! Bin ein Bardur in der Hinsicht.)
Also :

Öreland : Es war einmal eine große Stadt; die war auf Pfählen, schweren Pfählen, mitten in der rauhen See erbaut, es war weit im Nordmeer. Aber die Leute wurden wild und böse, obwohl täglich vom Sturm Seerauch durch die Gassen schwebte; sie soffen und prahlten, fast Alle; und unten knurrte das graue Gewell. Der Meergeist Öreland, düster und kalt, bekam den Auftrag, die Stadt zu vernichten; er legte sich um sie als brauner und trüber Nebelwulst, dicht überm Wasser. Aber als er schon mit schwerer Zunge an den ersten Bollwerken leckte, saß da ein Kaninchen – wie das dort hinkam?! – Da entschied Öreland, daß von Denen wohl Einige unschuldig sein mochten, und vielleicht auch von den Menschen; er hüllte Alles in kreisendes, in greisendes Gewölk; man hat von so einem Sturm nicht mehr erhört.

Als nun die Sicht wieder klarer wurde, war die schlimme Stadt verschwunden; nur scholliges Eis und etwa ein paar Bohlen trieben überhin. Und von den Planken aufs Eis, oder zurück, wies eben trug, sprangen zweifelhaft ein paar Menschen, Bauern in grober Tracht; natürlich saßen auch die Kaninchen da und froren.

Es war aber eine Strömung aufgekommen, die führte dies reißend mit sich fort, in den heulenden Abend und die lange Nacht.

Als der Morgen anbrach, wolkig und wintergrau, sahen sie, schon ganz nahe, ein wildes Land in schwerem Schnee : da hinein schwemmte sie der Flutstrom, in eine lange und tiefe Bucht. Über die schwankenden Trümmer klommen sie zum Strand, und die Kaninchen fuhren sogleich unter die nächsten Kiefernwurzeln. Auch die Steilwände, welche den Fjord säumten, waren schneeweiß und voll Ödwald, nach hinten stieg und stieg es unabsehbar.

Als sie sich noch umsahen, trat drüben zwischen Baum und Fels ein riesiger Kerl heraus, der Wind schlug ihm im Schulterumhang; er war wohl zweimal so groß wie ein Mensch. Er schrie ihnen zu, daß Bergwand und See und Wildwuchs zitterte : »Öreland!«, wandte sich kurz und schritt weit landeinwärts, war auch schon im Hochwald verschwunden.

Da war unter den Geretteten ein junger derber Knecht, der sagte zögernd zu den Anderen : »Ja nun – man müßte doch eigentlich – – fragen, wie?!«, und da trugen ihn auch schon seine Füße den Steinstrand hinauf, dann an den Büschen vorbei, schon waren da die ersten Bäume, und immer der großen Spur nach; das waren Schritte, da konnte er zweimal springen.

Es ging stets hart bergan, weglos zwischen den Stämmen fort, stundenlang. Endlich blieb er stehen und sah sich um; war tiefer Schnee und Wildnis, und steile Berghäupter sahen von überall herein. Da schrie er einmal mit aller Macht, was ihm entgegengerufen war : »Öreland!«; aber von den Felsen und aus dem Holz fuhr ihm nur sogleich verworrener Widerhall entgegen, so daß er den Kopf schüttelte, und rüstig rascher weiterlief.

Der Schnee wurde immer tiefer, und lautlos stapfte er unter den schwer belegten Ästen; immer höher kam er, und wenn er es recht bedachte, hatte auch die Spur längst aufgehört. Die Stille, die Stille. Er reckte sich im niedrigen Tannendickicht und schrie wieder, lauter als zuvor : »Öreland!«. Wartete. Lange. Nach Stunden federte ein Zweig; aus nadelgrünem Eismund seufzte es zurück : »Öreland«. Weither kam das Echo. Er wandte sich unwillig und stieg weiter die kahler werdenden Hänge hinauf. Weißlich war der Himmel und so flach gewölbt, daß er manchmal daran zweifelte, zwischen ihm und den Bergkuppen hindurchzukommen.

Aber einmal begann das Bergland sich wieder zu senken; wieder kamen Wald und Täler, und als er um einen Felsen bog, sah er ganz dicht unter sich, in einem kleinen Grunde, ein Blockhaus aus dunklen Stämmen gefügt. Ein Kind lief gerade über

den Hof, und er rief ihm eilig zu : »Wie heißt es hier?«. Die Kleine wartete verdutzt ein wenig, rief dann verwundert : »Öreland!« und verschwand im Schuppen.
Er lief weiter, immer dem nach, was ihm ein Weg däuchte, und kam nach langer Zeit an ein anderes Tal : ho, das war ja schon fast ein Dorf! Drei, vier Gehöfte standen da, und aus dem ersten trat just ein Knecht mit rotem gesundem Gesicht und einer Axt in der Hand. Der ging zu einem verschneiten Klotz, strich das dicke Schneekissen herunter, rollte Blöcke heran, und begann lustig zu hacken, daß die Späne flogen.
Vom Weg rief unser Wanderer herab : »Wie heißt das Dorf?!« Der Andere blickte zuerst überrascht auf; aber der Frager war auch nicht größer, und die Axt hatte er. So lachte er, und sagte laut in seinem Dialekt : »Öreland«. So so. Und weiter gings.
Der Wald wurde lichter, das Land freier, und ehe er sichs versah, stand er vor den ersten Häusern einer großen Stadt. Blanke Läden; zuweilen rollte ein Wagen vorbei. Über den Platz kam flink ein junges Mädchen mit glatter Pelzmütze; er ging gleich auf sie zu und nahm die seine ab : »Öreland?« fragte er und wies ringsum. Sie sah den großen Burschen spöttisch und interessiert an : »Hm –« nickte sie und ging langsam vorüber; nach ein paar Schritten sah sie noch einmal lockend über die behende schmale Schulter. Er fühlte den kunstvollen winzigen Stich im Herzen, und lachte polternd : nein, dazu war jetzt keine Zeit!
Er sprang in seinen Klobenschuhen rüstig an der Stadt entlang und vorbei; die Felsen begannen sogleich, wurden rasch höher, und bald ging er in einer tiefen Schlucht, deren Boden leicht anstieg : die Wände wurden immer düsterer und steiler, bis sie endlich in unabsehbare Höhe aufragten und der Weg so schmal wie eine Gasse wurde. »Det er alt så mörke her«, sagte er verdrießlich zu einer ihm begegnenden Frau : »was ist das nun schon wieder – ?« (im blauen Kopftuch). »Das ist die Schlucht des Berges Glimma«, antwortete sie bereitwillig und sah ihn im Weitergehen aufmerksam an. Zur Linken waren manchmal

Häuser in die Felswand halb hineingebaut, vor denen auch Kinder spielten.
Nach einiger Zeit öffnete sich die Schlucht wieder auf ein wüstes Hochland; schwarze glatte Klippen standen da, als könnten sie heidnisch strenge Gesichter zeigen. Sie wurden immer größer, und zwischen ihnen, von weither, vernahm er ein allmählich lauter werdendes Dröhnen, und Donner wie von einem nahen Meer. Und da lag es auch schon vor ihm; eisenfarben und schwer bewegt. Er klomm zum Strand hinab, setzte sich ins Gestein, und besah das Wasser. Es dröhnte an den Granit; wälzte Hügel heran und zerschlug sie an den Blöcken. Er saß und horchte : es zitterte nicht, das Ufer. Das war ein gutes und festes Ding, dieses Öreland.
Dann stand er auf; da wollte er nur gleich wieder zurück zu seinen Leuten und ihnen das Alles sagen. Ein paar Äxte hatten sie ja noch; da könnte man sogleich ein Haus zimmern. Eine Säge würde er sich in dem ersten Ödhof borgen. Fische standen genug im Fjord, und sicher kam auch einmal ein Bär. Vielleicht würden sie ihm gar ein paar Nägel schenken. Er sah sich schon mit dem Papp-Paket durch die Wälder springen – – (Nochmals : ist ein wörtlicher Traumbericht!)

Angebissen hab ich das Brot einfach; Wasser aus der Büchse (hatte heißes bei Madame Bauer geholt : zum Rasieren angeblich). Sobald das Metall warm wurde, kam der Heringsgeschmack wieder durch (nachher aber wirklich rasieren!). Käse war eingewikkelt in »Befreite Kunst«, Ausstellung in Celle. Auf dem Titel eine Abbildung : Barlach : »Der Geistkämpfer« : also so ein Krampf! (Gekrille). Da lob ich mir Rodins Denker! (Obwohl da auch was nicht stimmt : selbst unbekleidet macht es Mühe, den rechten Ellenbogen so auf den linken Oberschenkel zu setzen, *und* noch dabei zu denken!). Dabei hatte Barlach oft was gekonnt! Aber das hier war blöd. War bei uns Allen wohl so. – Wenn man bloß das verdammte Kritisieren lassen könnte! – So war mir heute Nacht, als die Fenstertafeln gelbgrau schimmerten, stundenlang, Licht schlich wohl oben, eingefallen, einen literarischen Essay zu schreiben : »Die erste Seite«; wie sies angefangen haben, die Leser zu »ergreifen« : gibts so was eigentlich schon?

Kvinnen i mine drömmer : Drüben forderte es heraus : »In der Nacht ist der Mensch nicht gern allei–né!« (direkt tiefsinnig, nicht?!), und ich nickte trübe, dachte an das alte verbaute Schloß Akershus im Mondschein (ich als Unteroffizier Anführer der lautlosen Scharwache, spitzwegmäßig); Herrn Ludwig Holberg, bronzen vorm Theater : Du Blitzkerl, und der Nils Klim; längs die Karl Johans Gate, mischten sich Överaas, Romsdal, Framhus; ich werd lieber ein Schneidebrettel machen.

Dies getan (there is much gold – as I am told – on the banks of Sacramento; irgend was muß man ja dudeln. – Ein Schulknabe stürzte vorbei, die Hand am Gürtel : nach seinem Bilde schuf er ihn!) Aß flink und häßlich noch ein Stück Brot : hol der Teufel die Heringe! (Und den Käse.) Wie Junker Toby. Gab noch eins zu : »Hört die Musik / singét mit uns im Chore ...« (ein Kanon, mit dem uns das Nachbarzelt im Camp A schier wahnsinnig machte, bis wir Deputationen aussandten. Es gibt ja auch Leute, die Treitschke für einen Historiker halten).

Drei Buchruinen holte ich aus dem Mantel : Stettinius, Lend-lease; Smith : Topper und den armen Spielmann (der hatte in Luthe in einem Zelt gelegen, Morgensonne drum herum, ich stak im Uniformfutteral und bläkte die Augen : eingesteckt hab ichs. Und würds sofort nochmal tun; da sieht man, was Grillparzer konnte, dämonisch! Jedenfalls mehr als ich; est cui per mediam nolis occurrere noctem. Dostojewskis »Idiot« ist eigentlich dasselbe Thema, wie?)

»Wokeen heddidadd geem?« fragte er barsch. (Schorsch : heddidadd!), na dann. »Tjä : nu issadd twei«, erwiderte der Kleine nörgelig und hielt ihm das zerbrochene Gerät hin. – Wie die in »Lend-lease« die Russen verhimmeln : in zwei Jahren werden sie anders reden! (Aber wir sind politisch unreif, gelt?! – Amerikaner wissen nichts!)

Lore, Lorelorelore (bin drüben gewesen : also stimmts doch : sie heißt Lore!! –). Ganz sachlich : habe erklärt, daß sie, wenn sie die Tür immer abschließen : – ob ich am Fenster klopfen dürfte? Sie hatten noch Licht, und man sah Alles : Ich, lang, schwarz und wetterwendisch; die Grete von gestern Abend klein und ruhig (wollte gleich auf Halbtagsarbeit fahren, in die Fabrik nach Krumau). Lore größer, schulterbreit und geschmeidig; sie hätte gar nicht das Sportabzeichen an der Jacke gebraucht; blasser klarer Mund, spöttische kalte Augen : Lore expects every man to do his duty; ich sah sie an und funkelte, daß wir Beide die Brauen hoben. Grete schaltete das Licht aus, und im Morgendüstern sprachen wir kluge und dumme Sachen. (Bin neugierig, ob die Postkarten alle angekommen sind – müßten eigentlich –, daß ich sie mit Arbeit und Urkunden beeindrucken kann); Beide habens Abitur gemacht, in Görlitz. Kenn ich auch; und wir aßen ein Eis am Blockhaus (wo man bis zur Schneekoppe sehen kann), gingen durch den Jakobstunnel und standen in der Bahnhofshalle. Ein Messer und eine Tasse haben sie mir geborgt; Gretel ist gut : sie will mir einen Tisch von der Firma besorgen. Wir kennen also unsere Biogramme. Haben mich mütterlich gebieterisch eingeladen, abends rüberzukommen (weil ich doch kein Licht hab!); Kaffee gibts auf die Marken noch, Seife und etwas Zucker; Lore wolltes nachher mitbringen. Und Grete 100 Mark vom Krumauer Postamt (denn ich habe 1100 Mark auf dem Postsparbuch).

Holzschuppen : sie zeigten ihn mir : ums Haus; ein Raum, größer als meine Stube : eine Ecke bekam ich. Ich griff in die Manteltasche, zog die zwei Kirchenscheite heraus und dekorierte sie hinein, symbolisch. Lore sah mich von der Seite an, hob eins auf und prüfte die rötliche Faser : »Das ist doch ...«, meinte sie mißtrauisch; zögerte, lachte, flammte stolz auf, und zeigte eine Schicht in ihrer Ecke : »Ich nehm auch meist ein paar mit«, sagte sie stählern : oh, wir Schoßkinder Lunae unter den Horden des Tages! – Ich hätte sie anbeten mögen : ich bin dîn ...

(aber ob du mîn bist ... which I am doubtful of!). Sägen und hacken darf ich bei Gelegenheit; ein ganzer Haufen Rundholz ist zu zerlegen : kann ich machen : dafür sitz ich ja abends drin!

Tieck möchte ich lesen : Vogelscheuche, Zerbino, Kater, Eckbert, Runenberg. – Oh : Das alte Buch oder die Reise ins Blaue hinein!! (Wenn ich an meine verlorenen Bücher denke, möchte ich am Handgriff ziehen : siehe »Alexander« : der Weltvernichtungsapparat!). – Die Misere verlesen.

Abends : Grete hat weiß Gott einen Tisch besorgt, für 60 Mark; morgen bringen sie ihn von K. in dem LKW mit, der täglich die Arbeiterinnen herumomnibusiert (Omnibus, omnibi, omnibo, omnibum etc.). Ich hatte neue Holzbrettchen an den Füßen und saß behaglich im warmen Zimmer (wenn man die Augen hätte schließen und schlafen können, wärs Frieden). Grete stopfte Wollenzeug; und wir erzählten von allem Möglichen, Gott und der Welt, besonders der letzteren. (Wenn ich tot bin, mir soll mal Einer mit Auferstehung oder so kommen : ich hau ihm Eine rein!)

Sie setzten mir hart zu : Vor allem Grete hatte die kleine Gelehrsamkeit rührend beisammen, und ich machte den tiefsten Eindruck (»Intellektueller« betrachte ich als Ehrentitel : es ist nun mal das Auszeichnende am Menschen! Wenns Alle wären, würden die Schlägereien wenigstens nur mit der Feder ausgetragen, oder mitm Mund. Wär wesentlich besser!). Aus dem Radio sang auch Rehkämpfer, mozartisch und unter Glöckchengeplapper (Hol der Teufel den Käse!). Dann : »Blende ihn mit Deinem Schein ...!« (Ist schon passiert!)

Wilhelm Elfers : ich erzählte von Wilhelm Elfers und dem Radio : hoho, es war 1924. Von der Volksschule Hammerweg aus gingen wir zu ihm, fröhlich, die Daumen in den Schultornistern, aus Vorstadt in noch mehr Gärtlichkeit : Gottseidank war die Mutter nicht da (Marie hieß sie; Schullehrerswitwe, abends Konzerte mit Kollegen ihres verstorbenen Mannes – oh, wo seid ihr Alle : Kurt Lindenberg, Albert Lodz, Lehrer Tonn; ich werde ihnen einmal das alte Bild zeigen, wo ich auf den Stufen stehe, weinrot und grau die Strickjacke). Nun, und da hatte er auf dem Tisch ein kleines technisches Gewirre : drahtumwickelte Spule, Detektor, ein Kupferdraht hing zur Antenne, Kopfhörer, mein Herz rannte, heut sitz ich hier in Blakenhof : ich nahm die Hörer unbeholfen um die Kleinohren – da sang eine grillenfeine Geige : heute noch seh ich den Tisch und die blöde Decke darauf. Ganz leise zisterte die Musik aus der Norag (Wilhelm ging zum Klavier, konnte das Stück, wirbelte illustrierend laut in die Tasten : ich verachtete ihn unwillig, hörte nur, eine Stimme sprach Unverständliches; Musik zog fern – –). Ich nahm dann die Hörer ab; für 5 Mark 40 kauften Wirzuhause ein handgroßes braunes Kästchen, zogen Drähte, lauschten im Blaupunkt : wo ist die Zeit hin; Fluch der Vergänglichkeit! (Noch heute hab ich das Kästel, als Piggybank, 20 Mark sind drin.)

Warum kann man andere Menschen nicht an sein Gehirn anschließen, daß sie dieselben Bilder, Erinnerungsbilder, sehen, wie man selbst? (Es gibt aber auch Lumpen, die dann)

Kaffee : Ich wirbelte mit dem Löffel den saftigen Sud, Odhins Trost. Schaum lag netzig darauf, verdichtete sich beim Rühren, ich gab hohe Drehzahl, zog den Löffel durch die Trichtermitte heraus : zuerst rotierte da eine winzige Schaumscheibe, weißbraun und noch sinnlos; dann griff der Sog die fernen Teilchen : *in Spiralform* ordneten sie sich an, standen einen Augenblick lang still, wurden von der immerwachsenden Scheibe eingeschluckt : eine Spiralnebelform! Also rotieren die Spiralnebel : bloß ihrer Form halber! – Ich zeigte das Beispiel; erläuterte es am Weltall; bewies am Analogon Rotation und Kontraktion : soff kalt das Ganze : »Kennen Sie James Fenimore Cooper?« Niemand kannte den großen Mann; also ging ich zu Bett; 22 Uhr 17 zeigte der Wecker : *meine* Uhr haben die Tommys mir Gefangenem weggenommen, daß ich des Kompasses ermangeln möge (und die Zeit kann man außerdem noch dran ablesen; Einer hatte etwa 200 solcher Kompasse; war 16. 4. 45 bei Vechta.)

Schlaf : mit Lore in Großstadtstraßen; wir gingen, zwängten uns durch verwickelte Kaufhäuser, Hand in Hand, Licht glitzerte in unendlichen Auslagen; Gesichter wirrten sich; ich ließ die Hand nicht los.

Kurz draußen : in der fleckigen Nacht war alles geschäftig, busy motion, unruhiges Gebäum, Wind in Wolken : Wind, kalt, hier unten.

Schorsch (ich saß vor der Tür auf dem Hocker im Sonnenschein). Las eben angekommene Fouquémanuskripte (arbeitete also), und er spann; so billiges Gerede, wie 222, rote Liste; tönernes Geschöpf : sagte »Gachten« für seine paar Hauspflanzen. Und die Zeit war wie angestemmt; wir dauerten zähe aus, eiris sazun idisi, wie ein Gemeinderat. Ein Bauer zog zum Superintendenten rein, mit tunkendem Gang, als schöbe er eine unsichtbare Mistkarre vor sich her : er wolle ein Kind anmelden, wußte Schorsch (also wie die Kaninchen!).

»Tag, Lore!« sagte das Schwein! Ich hätte ihm alles Mögliche rausreißen können; hielt mich am Bleistiftstumpen fest : der verfluchte Hund; wurde ganz kalt, dachte an die verwickeltsten Preuves de noblesse : es half Alles nichts.

Als Köder : ich drehte das Blatt, den Brief König Friedrich Wilhelms IV. (1837 allerdings noch Kronprinz), so daß das Mordssiegel sichtbar wurde, zog eine zerkratzte Linse aus der Brusttasche und betrachtete es – (: also wenn Das nicht wirkt! Heute war das Paket vom Baron Fouqué gekommen, mit 10 000 Mark versichert : der Briefträger hatte sowas noch nicht gehabt, sagte er. You can't have driven very far. Wenn ich bloß mal n Schnaps hätte; Apel soll welchen brauen. Apel : der große Kuhfürst).

Resolut holte sie sich einen Stuhl in das blitzende Licht. Setzte sich : neben mich! »Hier will ich arbeiten!« sagte sie (wie Undine : neben mich!!)

Ich zitierte : »Leben ist ein Hauch nur ...« »Was ist Das?« fragte Schorsch nach einer Weile träumerisch bestürzt. Ich feixte nachlässig und schüttelte : »Nichts für Sie; oder einen Schlagerrefrain : ist bereits anderweitiges geistiges Eigentum.« Aber er sah mich starr an, und flüsterte dabei schon abwesend : probierend. (Später hörte ich ihn elastisch im Flur gehen – Vorbereitung zum Dorfbummel – und trällern : »Leben ist ein Hauch nur – da da da dada. Sum sum sum – sumsumsum –«, er kauerte vorm Schrank, wühlte nach Schuhwerk, tauchte wieder auf : »Ja, und es währt nicht –«. »Ja und es währt nicht – – !« – : »Ja und es währt nicht : la-a-ang!« – Und ich nickte registrierend : Tja, c'est ça. Und armer Fouqué; ach, weg mit dem Affen. Schorsch ist natürlich gemeint. N Fußball-fan ist er auch noch!)

Ich sah hoch : flammte meine Augen in ihr Gesicht : »Uralter französischer Boden« erwiderte ich, und bewies ihr, daß 1810–13 das französische Kaiserreich hier gewesen wäre; die Böhme war die Grenze : vive l'empereur! (Was hätte jetzt Alles geschehen müssen; ich kann doch mit einer Garnitur Wäsche nicht sagen : ich liebe Dich!). »Sobald mein Buch erscheint, werden Sies sehen«; ich zeigte ihr vorsichtshalber den Vertrag; sie las aufmerksam : gelt, ich war keine Mesalliance?!

Eine geschiedene Frau! Ich war fertig; ich schluckte; ich bat verstört : »Darf ich aber *Fräulein* Peters sagen?« Sie erlaubte es mir nach erstauntem Zögern; auch der Tisch kam, gottlob; man hörte das Auto auf der Chaussee schurren und puten (Holzgaswagen : damit haben wir den Krieg gewinnen wollen!), und ich ging hinunter : warum hab ich sie nicht früher kennen gelernt!! (Und n Schubfach hatte er auch nicht; aber sonst stabil.)

Ich kam von hinten : da hörte ich sie sprechen : »Warum will er wohl durchaus *Fräulein* sagen?«, fragte sie listig (dabei wußte sies ganz genau!). Grete erklärte trübe : »Er ist halt ein Dichter, und wird die Einbildung brauchen, daß er noch der Erste bei Dir sein könnte. – Du hast immer Glück.«; sie seufzte resigniert (neidisch). Stille. Ich ging durch die Stille vorbei.

Auf Abschnitt L solltes 100 Gramm Backpflaumen pro Kopf geben;

Grete wurde ganz aufgeregt und entwarf, und selbst Lore zeigte lüsternes Interesse. »Geben Sie Ihre Karte!«; ich gab den krausen Rest; sie suchte : gut! Wir hatten aber Mühe, Grete von einer verzweifelten Radfahrt zurückzuhalten : sie wüßte in Westensen einen Laden ...

Wieder vor der Tür, lustig alle Drei : das Wetter war aber auch zu verlockend. Von drüben kam Schrader, würdig erregt : setzte sich : der Ölberg war das erste Mal in der Geschichte des neuen Bundes als Skigelände benutzt worden! Erst dann machte er meine Bekanntschaft; wartete auf unsere Mißbilligung, die ihm aber nur Grete aufrichtig bekümmert spendete. Lore war mehr neugierig, was ich sagen würde : das merkte ich wohl, kopierte aber schweigend den alten Text (: eine Handschrift hat die Marianne von Hessen-Homburg gehabt : das war der Gipfel der Unleserlichkeit; bloß Wellenlinien und weite Schwünge); was geht mich Schrader an : de tribus impostoribus; einzig Gautama war von Denen ein großer Mann, gebildet. Nun, allmählich entrunzelte sich auch die Seele von Hochmerkwürden; ja : ein schöner Tag; hm (so wahr ich Leben atme : und zu was Besserem gemacht, als sich zu ennuyieren, mon vieux! Wann wird er mich wohl entern?). Er verbindlichte sein Gesicht; fragte mit der Sicherheit des zu Allem Berechtigten : »Oh? : Alte Autographen!«. Ich nickte mechanisch und stumm; sah ihn unwillkürlich im Geist mit drallen Beffchen und sonnigem Talar auf Bretteln am Ölberg lang machen : dolle Welt (Un Holland gifft dat ook noch!); »Fouqué«, sagte ich kurz um des lieben Friedens willen (obwohls ihn nischt anging!). »Ah!« leuchtete er gönnerhaft auf : »Undine : Ozean, Du Ungeheuer ...« und nickte beruhigt; ich sah ihn von der Seite an, sagte aber höflich : »Lortzings Text und Musik hat mit Fouqué persönlich allerdings nichts mehr zu tun.« »Ist es denn öfter komponiert worden?!« wunderte er sich majestätisch : »davon weiß ich ja gar nichts ...!« Nun langte es mir; er schien sich für allwissend nicht nur gehalten zu haben : nein : zu halten! »Doch!« erwiderte ich sparsam und arbeitete weiter, und schon kam mir Lores Rock beifällig ein Stück näher, zitternd (Diesem Lehrerjungen könnt ich Eine knallen!)

»Große wissenschaftliche Ausgabe?« (Oh, ich weiß schon, was die Brüder so nennen : wenn sie uns zu dem Kind noch die placenta servieren! Frau Wirtin hatt auch einen Knecht). »Eruieren« und »exzerpieren« und »Palimpsest« fing er an; Grete replizierte, und so gebrauchten wir all solch erstklassige Worte, längere Zeit. (Ein Bekannter, früher, konnte »Parerga und Paralipomena« aussprechen, daß es wie die größte Sauerei klang; war nicht dumm gewesen, der Amandus!)

Ja doch! Jetzt fiel mirs ein : »Darf ich auch einmal in Ihren alten Kirchenbüchern etwas nachsehen?« bat ich höflich : »auch zu diesem Orte hatte Fouqué Beziehungen.« Alle spitzten Augen und Ohren, und ich erklärte knapp aber präzise : über Fricke, den ersten Hauslehrer (behielt aber Einiges für mich). »Ja natürlich« sagte er mit Nachdruck; aber auch : »Falls Sie Nichts der Kirche Nachteiliges daraus eruieren wollen –«. Ich mußte fast grienen (hat er mich doch schon im Verdacht?); »Nein, nein« erläuterte ich kalt : »lediglich ein paar genealogische Daten, Geburt und Grab.« »Ein ewiges Meer – !« sagte Grete andächtig auf, und auch Schradern hatte die grobe Anspielung ungemein gefallen : so gewinnt man in Tyskland die Gebildeten.

Flüchtlinge! : ich sah mich fest im Kreise um, lachte grell : »Da kann ich Ihnen ein feines Beispiel geben, Ladies and Gents« (Bauer war auch wieder noch angekrochen gekommen); ich nahm die altgelben rieselnden Blätter heraus, bellte die Stimme : »1687« sagte ich und hob wütend die Oberlippe : »Austreibung der Huguenotten –« und las :

Kurtze Nachricht von meiner Flucht aus Frankreich : um in diese fremden Länder zu kommen, meine Gewissensfreiheit zu suchen, und unsere geheyligte Religion ausüben zu können :
Es geschah zu Rochelle, der Haupt-Stadt des Landes Denis, bey der ein Meer-Hafen war, Anno 1687.

Ich war von meinen Brüdern und Schwestern die Älteste, und in Abwesenheit meiner Ältern die Erste im Hause; da noch fünf jüngere von meinen Geschwistern, wovon das älteste zehn und das kleinste nur zwey Jahr alt waren. Die Erlaubnis hatte ich von meinen lieben Eltern erhalten : keine Gelegenheit, wann sich eine ereignete, vorbey gehen zu lassen, wo nicht mit Allen, doch mit einem Theil unserer Familie aus dem Königreich zu fliehen.

Den 24. Aprill desselben Jahres 1687 kam ein guter und getreuer Freund, welcher wegen der üblen Folgen und harter Strafen, die desfalls gesetzt waren, nicht genennet zu werden verlangte, mich zu benachrichtigen, daß ein kleines Schiff oder Fahrzeug nach Engelland abgehen würde, und er, auf sein Bitten, den Captain des Schiffes bewogen hätte, vier oder fünf Persohnen mit zu nehmen; und daß in diesem Schiff nicht mehr Platz übrig sey, als vor fünf Persohnen : er müßte zu dem Ende ein Faß Wein ins Meer werfen, und uns in den Platz zwischen Saltz verstecken; denn er liefe Gefahr, wann es entdeckt würde, Alles zu verliehren, und verlangte daher zur Schadloshaltung eine große Summe Geldes. Alles dieses hinderte mein Vorhaben und unseren Accord nicht. Ich bat unseren ungenannten Freund, daß er den Schiffs-Capitain mit sich, früh morgens drey Viertel auf Vier, zu mir bringen möchte, damit niemand von unsern Nachbahrn etwas mutmaßete, und ich mich unseres Freunds zugleich als eines Dolmetschers und Zeugen unseres Accordes bedienen wollte.

Der Accord ward gemacht; ich versprach dem Capitain vor jeden Kopf derer fünf Persohnen 200 Thaler, die er mitnehmen würde; das war also eine Summa von 1000 Thalern frantzösischen Geldes. Die Helfte sollte er, ehe wir abgingen, empfangen, und den Rest alsdann erhalten, sobald er uns in Engelland in Chichester (einer Stadt daselbst) ausgesetzt hätte, wohin er uns zu bringen versprach.

Da ich nun in Beyseyn unseres Zeugen den Accord gemacht,

so nahmen wir Abrede, daß die Einschiffung den 27. Aprill, des Abends um 8 Uhr seyn sollte. – An diesem Tage zogen ich, zwey von meinen Brüdern und zwey von meinen Schwestern, uns aufs sauberste an (und was uns möglich war, mit zu nehmen; die Umstände erlaubten es nicht, uns anders zu kleiden); ich nahm die Hofmeisterin der Kinder mit, uns zu begleiten, weil diese von dem Geheimnisse wußte.

Wir stellten uns, als wenn wir uns nach dem Schloß-Platze, einem Ohrte wo täglich des Abends vornehme Leute sich einfanden, spatzieren gehen wollten. Gegen 10 Uhr, da die Gesellschaft anfing auseinander zu gehen, schlich ich mich von denen Bekannten weg; und anstatt nach Haus zu gehen, nahmen wir einen ganz anderen Weg, nehmlich nach dem Ohrte hin, den man mir angezeiget hatte, ohnweit des Teiches. Hinter demselben fanden wir eine offene Tür; wir gingen hinein; wir stiegen Treppen ohne Licht und ohne einen Laut von uns zu geben in die Höhe; wir blieben daselbst bis 1 Uhr hinter Mitternacht, da unser Freund mit dem Capitain erschien. Ich sagte zu dem Capitain, daß mich nichts mehr schmertze, als meine kleinste Schwester zurück zu lassen; sie wäre noch dazu mein Pahte; sie läge mir sehr am Herzen, ich hielte mich daher noch mehr verbunden, sie von der Abgötterey abzuziehen, als alle Anderen. Dieses konnte ich nicht ohne große Hertzens-Betrübnis und Ströhme von Tränen vorbringen : ich versprach dem Capitain Alles was er haben wollte, und vielen Segen vom Himmel, wenn er dieses gute Werk verrichtete. Meine Rede und Thränen rührten ihn dermaßen, daß er sich anheischig machte, sie auch mitzunehmen, wenn ich ihm dagegen versprechen könnte, daß sie kein Geschrey machte, wenn die Visitasters daß Schiff zu durchsuchen kämen, welches an zwey oder drey Ohrten mit denen Degen geschehen würde. Ich versprach es ihm in der Hoffnung, daß Gott meine Hülfe seyn und mir diese Gnade angedeihen lassen würde.

Sogleich eilte mein Freund und unsere Hofmeisterin, sie zu

holen, aus dem anderen Theile der Stadt, wo wir wohnten. Sie nahmen das Kind aus dem Bette, wickelten es nebst den Kleidern in eine Decke, und trugen es in der Schürtze hierher; Gott wollte es also, daß Niemand das Geringste davon gewahr wurde. Das kleine Kind, welches mich ausnehmend lieb hatte, freute sich sehr, mich wieder zu sehen, versprach mir auch, recht fromm und stille zu seyn, und nichts zu thun, als was ich ihr sagte. Ich zog sie an und wickelte sie in das Übrige ein.
In eben der Nacht, um zwey Uhr, kamen vier Bohts-Knechte von dem Ufer, trugen uns Alle auf ihren Schultern (ich meine kleinste Schwester im Arme) auf das Schiff, und an den Ohrt, den man vor uns zurecht gemacht hatte : der Eingang dessen war so klein, daß Jemand darin sein mußte, uns nach sich zu ziehen; da wir denn so eingetheilt waren, daß wir zwischen dem Saltze saßen, und keine andre Stellung nehmen konnten; so machte man die Öffnung hinter uns zu, so wie es gewesen war, so daß man nicht das Geringste sehen konnte. Es war so niedrig, daß unsere Köpfe oben anstießen; dennoch bemüheten wir uns Alle, den Kopf gerade unter den Balken zu haben, damit bey dem Durchsuchen nach der schönen Gewohnheit uns die Degens nicht treffen könnten.
Sobald man uns also eingeschifft, ging das Fahrzeug unter Segel; des Königs Leute kamen und durchsuchten es : wir hatten das Glück, weder den 28. als auch die zwey andern Mahl entdeckt noch gefunden zu werden. Der Wind war uns günstig, und brachte uns gegen 11 oder 12 Uhr aus dem Gesicht aller unserer Feinde der Wahrheit …

»Atemlos lauschend« – ? : das kommt nur in Romanen vor; die hier hatten Alle derbe Bronchien; sogar Grete nieste mitten rein. Ich brach ab : es wurde zu viel auf einmal; um die Spannung wieder herzustellen, sagte ich kurz : »Nächstens mehr; s geht noch weiter : 17 Jahre war sie damals. – Die hat dann auch hier ganz in der Nähe lange Jahre gelebt; ist auch da gestorben.« Schon war die Neugierde da : »Und sie steht auch zu Fouqué in Bezie-

hung?« fragte man; »Ja«, erwiderte ich, noch der Geschichte nachsinnend : »es war seine – Urgroßmutter.« Suzanne de Robillard aus dem Hause Champagné. »Ein tapferes Mädchen«, und Grete würdigte das (war dieselbe Sorte). Also klaubte sich Jeder das heraus, was ihm besonders zusagte; Schrader die Glaubenstreue (la Faridondäne, la Faridondon; Dondäne dondäne, dondäne, dondon); um ihn endlich zum Schweigen zu bringen, erwähnte ich kurz den anderen Verwandten, der dann sogar zum Islam übergetreten war : Marquis de Bonneval – mein Allah! Sie finden ihn in jeder Weltgeschichte – und seinen Harem avec des belles Grecques : »Ist das interessant!!« sagte Lore angeregt : »oh : Sie müssen uns Alles erzählen ...« (Alles : verlaß Dich drauf!)

Rest des Nachmittags : faul und bösartig. (Wie Gott vor der Schöpfung).

Kurzgeschichte : Nachtdunkel; Mondfinsternis. Einer hockt geschäftlich am Wegrand. 2 kurzsichtige Mathematiker bleiben davor stehen und debattieren, obs ein Baumstumpf, Stein oder Mensch sei. Man will zur Probe mit dem Stock drauf schlagen. Gefühle des Dasitzenden.

Vorher Zähneputzen : so, Gebräch wär wieder ausgekratzt. Nun noch mal raus, und dann zur Soiree.

Im Klo : Eine plärre Kinderstimme kam heran, herein : sang dabei : Schön Annchen von der Mü-hüle / saß eines Abends kü-hüle / auf einem weißen Stein : / auf einem weißen Stein. – Wasser; verhallend : ... in Samt und Seide schwe-heben ... : der Verfasser wußte auch, was zieht!

»Lore ist tanzen!« Ich saß stumm und kopierte; 19 Briefe und Brieffetzen des Generals Fouqué an seinen Bruder, à mon très cher frère, Henry Charles Frederic Baron de St. Surin in Celle : war das manchmal schwer, mit den zerfallenen Rändern und dem altmodischen Französisch! Grete half, wie sie konnte; abers war nicht viel; außerdem hatte sie ja auch andere Arbeit (Stopfen und Flicken).

»Ich möchte furchtbar gern auch etwas für die Wissenschaft tun«, sagte sie still : »aber wie soll man das machen. Ich meine : – man hat ja keine Anleitung, und nachher ist Alles Unfug gewesen.« Sie sah mich an, und wir ventilierten kurz dies wichtige Thema : Stellen Sie sich vor : da liegen in den Großbibliotheken tausende von Manuskripten; Dichterhandschriften, Urkunden, was Sie wollen : Wichtigste Dinge; und nur in diesem einen einzigen, also höchst gefährdeten Exemplar vorhanden. Denken Sie nur an die Bombenangriffe! (Sie nickte gespannt) : Wie wichtig wäre es, wenn von jedem wenigstens noch eine Abschrift – oder gar mehrere : mit der Schreibmaschine! – existierten, an einige Stellen verteilt : und das kann Jeder machen. Jeder höhere Schüler. Jeder Erwachsene; auch mit »nur« Volksschulbildung. (Ja!) Dann : Material sammeln für biographische Arbeiten : Daten aus den alten Kirchenbüchern holen. Oder : Wer macht uns ein vollständiges Namensregister zu den 200 Bänden des »Gothaer« : es gibt unendlich viel Arbeit für jeden Willigen, auch den einfachsten Mann; und wie dankbar wären die Wissenschaftler für solche Unterstützung! Sie saß mit spähenden Augen : »Ja«, meinte sie : »das müßte man dann aber auch überall sagen und lehren, schon die Lehrer in den Schulen. – Das möchte ich auch machen –« und sie wies ehrerbietig und schüchtern.

»Cellophan kann ich Ihnen mitbringen«, sagte sie ganz eifrig und saß näher : »wir machen doch drüben welches im Werk. Und da sind ganz viel Abfälle. – So wie hier!« Sie schlüpfte in eine Ecke und trug eine perlmuttern spiegelnde Rolle heran : »Ja : nehmen Sie«, sie legte Alles neben mich : »und wenns nicht reicht, bring ich Neues.« Sie brachte auch eine große Schere, und ich zeigte ihr, wie man die morschen Blätter ganz genau und fein verpackt : nun konnte man sie wieder bequem handhaben. Sie atmete tief und rührend begeistert; »... Wir packen Alle ein«, bestimmte sie : »dann halten sie wieder ein paar hundert Jahre.« Ich sagte verbissen : »Sehen Sie : das ist auch schon eine

gute Tat; Sie wären eine Mitarbeiterin. – Das ist viel besser, als das elende Frou-frou in der Literatur zu machen, wozu ich leider verurteilt sein werde.« Wir schnitten und falteten.

»Tüt. – Tüt. – Tüt : tüt : tüt« : 22 Uhr : Wir übermitteln Ihnen das hamburger Zeitzeichen. »Übermitteln« und »hamburger«; noch gedunsener gings nicht. Wir schnitten und falteten.

»Geht Fräulein«, sagte ich : »– Peters –; eigentlich oft tanzen?« Schnitt und faltete. »Ja«, sagte sie trübe : »fast immer sonnabends und sonntags.«

(Als ich später ging) : »Warten Sie nur noch«, lud sie ein : »ich muß ja ohnehin wach bleiben, bis Lore kommt.« Aber ich ging; sie will ja auch mal allein sein; sich waschen oder so.

Ist Mitternacht und Guldmond drin : Platzeinsamkeit mit starrem leichtem Wind. Klo dunkel. Zurück im blauen Raume soff ich vom steinkalten gepreßten Strahlwasser, bis ich den Bauch prall am Koppel fühlte. Drinnen schrieb ich auf rauhes Mondpapier :

Dichter : erhältst Du den Beifall des Volkes, so frage Dich : was habe ich schlecht gemacht?! Erhält ihn auch Dein zweites Buch, so wirf die Feder fort : Du kannst nie ein Großer werden. Denn das Volk kennt Kunst nur in Verbindung mit -dünger und -honig (Keine Mißverständnisse : sonst mögens Wackermänner sein, aber schlechte Musikanten!) – Kunst dem Volke?! : das jault vor Rührung, wenn es Zarewitschens Wolgalied hört, und bleibt eiskalt gelangweilt beim Orpheus des Ritter Gluck. Kunst dem Volke?! : den slogan lasse man Nazis und Kommunisten : umgekehrt ists : das Volk (Jeder!) hat sich gefälligst zur Kunst hin zu bemühen! –

Anzüglichkeiten treppten und steppten mir noch lustig weiter im Gehirn; aber ich zog mirn Mantel an, zum Schlafen.

Hoho! : Stimmen, Schritte, flottes Gelächter. Ich trat breit ins Fenster und sah zu. Die Tänzer kamen nach Hause : 3 Mädel, 2 Kerle; schmusten, dalberten, klatschten sich zum Abschied auf die Schultern (und Lore immer dazwischen mit Gang und

Wortschatz eines gefallenen Engels). Samba, Samba : noch von fern näselte Einer süß aus den Hüften und im Boptakt : Allerdings / sprach die Sphinx / dreh das Dings / mehr nach links / : und da gings / : oh, Deutschland, mein Vaterland!

Kam, sah, stand : Der Mond mochte nicht gut auf uns zu sprechen sein, denn er gab bares wildes Licht in die trennende Glaswand : wir standen einander gegenüber wie zwei Gewitter : Lore und ich. Meines mochte weiß sein; ihr dunkles Gesicht entgrenzte windiges milchiges Haar. Zu reden war nichts; deshalb lachte sie nur einmal kurz, und kam dann ins Haus. Schloß langsam ab. Raffiniert langsam. (Dann ging schon drüben die Tür; Grete gab Licht). –

»Mein Lehrer und Gönner, Bischof Theophil Wurm.« Ich erschrak so, daß ers merkte und erläuternd mit der Hand wandwärts wies, zum gerahmten Foto : weiß Gott : Theophil, Wurm, *und* Bischof; Manchen triffts hart! Er hielt mich Niedergeschlagenen für ergriffen, und murkste weiter in seinen Erinnerungen. (Schrader nämlich; er war heut Vormittag frei, da der Krumauer Primarius Konfirmanden und Kandidaten exerzierte, und ihn nicht leiden konnte : beatus qui solus. – Er hatte promeniert und gesehen, daß wir auch nicht in die Kirche gingen : Grete hatte Arbeit, Lore tat so, und ich gab mich als Ungläubigen zu erkennen : und irgendwie kamen wir aufs Schach.)

Also spielen wir : Er war der typische alte Remis-Fuchs, hatte leidliche Theoriekenntnis (ich kann ja nischt mehr!); wir trennten uns ½ : ½. Dennoch war er überrascht und proponierte zukünftige matches (hat mich wohl heimlich primsigniert, daß er mit mir verkehren kann. – Also dieser Wurm : ich erinnerte mich an Bilder, die ich in meiner Kindheit gierig aus billigen Illustrierten gesammelt hatte : Johann Jakob Dorner : Wasserfall im Hochlande; Joseph Anton Koch : Heroische Landschaft; Franz Sedlacek; Dier. Aber kein Wurm.)

Morphys Armen entrissen : jetzt kamen Bücher dran. Na ja. Ich erinnerte mich, daß ich bei einem Theologen war und schwieg.

»Sie müssen ihn mal waschen« : ein alter heller Schweinslederband : Luther (oder die Guyon, was weeß ich), aber scheußlich speckig; und in sein gefaltetes Gesicht erläuterte ich wohlwollend : »Mit Salmiak. – Der Einband ist noch ganz fest : der wird wie Elfenbein! – Machen Sies mal –«, und gab ihm den alten Schinken wieder. Er hatte vielleicht gedacht, daß ich mirs ausborgen würde; aber so weit war ich mit meinen Nerven noch nicht; wenns noch Scheibles Kloster gewesen wäre. Um ihn loszuwerden, sah ich lange und leer vor mich hin, während er noch pikiert in dem Ding blätterte (bf : nee, dann lieber noch uffm blanken Zementboden; immerhin wollte er mir die Kirchenbücher »demnächst« rauslegen : dafür dankte ich ihm herzlich und aufrichtig, und entwischte, sobald ich konnte. Außerdem heißt »demnächst« bei Denen bestenfalls in 4 Wochen!)

»Unentschieden« erklärte ich zu Lore : »er stochert fürchterlich langsam in den Figuren«. »Na, immerhin« nickte sie befriedigt : »damit schneidet er nämlich immer auf.«

Gerührt : sie haben mir sogar ein Schüsselchen Kartoffeln zu Mittag gegeben, und ich habe den letzten halben Harzer dazu gegessen (der für den ganzen Monat reichen sollte : da entfällt halt das Abendbrot; après moi ...)

1714 Menschenhandel : Fürst Leopold (der alte liebe Dessauer) schließt mit dem Landgrafen Dingsda von Hessen-Kassel einen Vertrag, daß er für jeden demselben übersandten Biber einen langen Rekruten eintauscht : so leem wir alle Tage! (Na, im Massenbach kriegen sie ihr Fett!)

»Eljen« sagte Schorsch und kam vornehm längsseits; »Banzai, banzai« erwiderte ich verwundert, doch rasch gefaßt : was will der Muff?

Politisch : wir trommelten unsere Brüste : ahumm, ahumm, und ließen Ideal um Ideal raus. »Sie sind ja Alle zu Hakenkreuze gekrochen!« – »Weil sie mußten!« behauptete er. »Nee, nee« erklärte ich ihm verächtlich : »die fühlten gar zu heldisch beim Badenweiler oder Egerländer : 95 Prozent der Deutschen sind – auch heut noch – echte Nazis!« Schloß die Augen; sah – Callot : Les misères et les malheurs de la guerre – die Bäume voller Generäle : da hingen sie samt unsern politischen Invertebraten, Franz neben Hjalmar; und pfiff gellend ein Gemisch von Völker hört die Signale und allons enfants (aber mehr allons!)

Dann : »Die Russen tun immer dicke, daß ihre unvergleichliche rote Armee den Krieg gewonnen habe; allerdings erwähnen sie nie dabei, daß Deutschland bloß mit einem Arm gegen sie kämpfte, und Amerika lieferte.« Meinetwegen. »Ein Single : Deutschland – UdSSR wäre für die Letztere genau so ausgegangen wie für Frankreich.« Meinetwegen. »Den Krieg hat nur Amerika gewonnen!« Meinetwegen.

Recht hat er! Die Regierungen sind nie viel besser und nie viel schlechter, als das Volk, das ihnen gehorcht. – Wie lange wirds dauern, und sie werden Millionen Reisläufer bei uns suchen; und finden.

Wanzen-Hoffmann : angenehm : Schmidt. »Früher (33–45 sic!) ist Alles besser gewesen!« »Alles?!« fragte ich ironisch (dachte an Kz, Aufmärsche, Bombenstädte, etc, etc,) »Alles!!« antwortete er scharf (hat wahrscheinlich unter Hitler ne feine Stelle in der Muni-Industrie gehabt. Nu, laß ihn; er war mir zu blöd. – Später erfuhr ich, daß er tatsächlich in der Eibia, Krumau, Bomben gemixt hatte; projizierte ihn wiederum an Callots Bäume).

Die Tiere! : Das Gespenst der Freiheit erhob sich vor ihnen, und sie rieben sich ratlose Hände! (d.h. ich mußte auch immer noch einen Anlauf nehmen; aber ich erinnerte mich doch stets wieder blitzschnell der seligen Jünglingszeit, wo man vor keinem Menschen hatte stramm stehen brauchen, es kein »Ehrenkleid« gab : hei! Wie war ich durch die Nachtfunkelei gelaufen, auf dem Fahrrad über die Hohwaldchaussee gebraust, hatte hastig vom starken dunklen Biere getrunken, augenweit und haarumwallt. Noch kamen die Bilder in meine Träume, that on their restless front bore stars, auf meine ruhelose Stirn. Oh, ich war bereit zu jeder Rebellion gegen vieles Geehrte! Ich!)

»Ja : ich bin scha nur ein Rei–taun die Sehnsuch treibmich weitanach Konschie–ta.« trällerte er düster. – »Polvo di bacco« (Backpulver) sagte er und lachte boshaft ob des Kalauers (dann kann man ihn auch al fresco schlagen, quelqu'un avec quelquechose!)

Exzellent (der Pokal!) : nun, davon später!

Blakenhofs Tagesgespräch : Ein Radfahrer stieß am Sportplatz mit einem Mädchen im Trainingsanzug zusammen ... »Er erlitt eine schwere Erektion und mußte ins Krankenhaus eingeliefert werden« ergänzte ich mechanisch : Gelächter. – Sport; viel vom Sport (»Autoren boxen gegen Verleger« fiel mir ein : ich atmete tief und begeistert, und stellte mirs vor) Schorsch und Sport : er war von jener Sorte, die Hans Albers und Max Schmeling für Hamburgs größte Söhne halten, und lud mich ein, dem Fußball zuzusehen. (Ich hab kein Interesse für Sport : schwimmen kann ich fischmäßig; radfahren; mit jeder Hand einen Zentner heben – d.h. heute auch nicht mehr : früher). Also schön : gingen wir zum Sportplatz. Er im hellgrauen schneidigen Anzug, schlug den Weg durchs Dorf vor; ich ging den kürzesten, gleich hinten runter (siehe Plan).

Mädchen; viele Mädchen : mit Verführerschein Klasse II–IV. Aber die Meisten in so ärmlichen Fähnchen, daß Gott erbarm; die Mäntel aus Tommydecken, hellgrau und steif, nichtsnutzige Futterale. (– Na, nichts für mich. – Die Welt als Vaudeville, mit mir in der männlichen Hauptrolle : so konnte ich mirs schon als Knabe nie vorstellen; eher wie ein finsterer schrankbestandener Korridor, durch den man mit gesenktem Kopfe hinschoß : nichts für mich!)

TSV Blakenhof – Germania Westensen : sie sprangen tödlich umeinander herum; aber der Kleine war flinker : es gelang ihm, mit einer hyänisch kriechenden Bewegung an dem Anderen vorbei zu kommen, und mein Begleiter schrie auf : »Tulle! : Tulle!!« ... Da war ein Dritter da, trat wie zufällig den Kleinen mit dem rehfarbenen harten Schuh gegen den Bauch, daß der jaulte, sein Unterleib ging los wie eine Kanone, und das klang widerlich zum zarten klaren Schiedsrichterpfiff.

»Na?!« : (Gott, sah der blöd aus mit der Glatze über dem OA-Gesicht!) Ich blickte ihn mitleidig an : »Wäre es nicht besser« sagte ich vorsichtig (wie zu'm Kranken) »wenn man diese 22 – nee : 23, *und* die Zuschauer – während der anderthalb Stunden irgendwo in Hannover oder Hamburg Trümmer räumen ließe? Wenn die mit ihren Markknochen da eben so ran gingen ...« Er verstand nur kindlich langsam : wurde wutrot : ein Ideal war angegriffen; so Vieles hätte jetzt gesagt werden müssen : er schwang den Hut; er drang mit gefälltem Hut auf meine Richtung ein – da rettete uns das Aufbranden der Menge : – :

Er pedipulierte mit solcher Geschicklichkeit, daß er förmlich auf dem Balle zu schweben schien, eine haarige schwitzende Fortuna, eine wollsockne : so wehte er strafraumwärts, bis der feindliche düstere Verteidiger ihn mit einer Hüftbewegung umwarf : loin du bal. – Mitten in der allgemeinen Ekstase dauerte es mir zu lange; ich ging mit einem verächtlichen Blick : Affen ringsum. (Wie überall.)

Winziger Spaziergang im Dorf : Fachwerkhäuser; Kleinbauern, Großbauern : alle mit Pferdeköpfen (nicht weise Houynims, sondern oben am Giebel). Aber es war so kalt, daß man bis in die letzten Zipfel fror (auch schon Mürrisch-Gewölk und der Wind hallte Brands-Haide herüber); man hat halt nichts in den Knochen. – Die Flüchtlinge mit ihren verfluchten Schuppen und Gärtchen und sinnlosen krummen Zäunchen machen die aparteste Landschaft zur Sau! (Ich bin selber Einer, aber Alles hat seine Grenzen!)

Lange gedankenlos gestanden : ist ja beim Militär exerziermäßig geübt worden : die Mädchen würden auch froh sein, daß sie mich mal n paar Stunden los sind. (Morgen früh kann ich überhaupt Holz hacken!). Dämmerung schlich mit schweren Körben über die Felder; dreimal spähte das hagere Sbirrenantlitz des Mondes aus den Wolkengassen : dann senkte ich den Kopf (war zu faul zum Zurücktreten).

Besoffene (gibts also auch noch; na, die brauen selber); sie traten sehr stark. Der Eine lüsterte : »Du, die müßten mal ne Atombombe in'n feuerspeienden Berg werfen : das würde spritzen : Mann!« und sie lachten kehlig und unbestimmt genital. Zwei Menschen, blieben sie auf der Straße vor mir stehen, studierten mich Schwarzen und den schwarzen Hintergrund. Mir zu lange. Ich sagte höflich : »Alau tahalaui fugau«, aber Keiner rührte sich (hilft also auch nichts). Sie horchten kurz; dann sagte der Eine flink : »Duder : – kommta raus ...« und sie wackelten eiliger weiter.

»Ach so : Sie sind das –« sagte der Alte beruhigt. Er war aus dem Walde gekommen, über den kleinen Graben gestampft, und stand nun breit neben mir, einen Knüttel in der Hand, daß es eine Pracht war. »Ischa zu unsicher jetz« erklärte er wohlgefällig und ließ das Ding besichtigen und loben. »Na : und wie sind Sie da so unnergekomm?!«; ich erzählte ihm sparsam von der Misere; vom Zupperndenten, und daß ich demnächst an die Kirchenbücher ranginge. »Wie komm Sie denn da auf?« fragte er scharf, und ich erläuterte ihm milde (in Anbetracht seiner Verdienste : Schaufel und Handfeger) : Fouqué – sein erster Hauslehrer Wilhelm Heinrich Albrecht Fricke – dessen Mutter – deren Vater. »Ähä!« machte er zu Dritteln nörgelig, überrascht und gedankenvoll : »Na dann. –« Er raspelte sich mit der linken Hand den Hinterkopf : »Na, dann s-teen Ihn ja sicher noch allerhand Überraschungen bevor. – Ich komm noch n Stück mit. Bis zum Kirchweg.« – »Wohnen Sie eigentlich dort drin?« fragte ich müde waldwärts; es brummte neben mir (war schon ganz dunkel) : »Richtung Ödern« gab er ungefähr an, lenkte aber sofort wieder auf mich um : »Und in Celle waren auch viele von den Brüdern?« meinte er neugierig : »iss gaa nich weit von hier, nich?! Ich hab da auch wohl n Bekannten. – Schöne S-tadt. – Hm«

Hände im Dunkeln : wir schüttelten sie uns, wie es Kräftigen ziemt. »Na dann.« »Aber son S-tock müssen Sie auch haben« mahnte er : »Sie könnten da wohl mit umgehn.« »Ja : woher« fragte ich gleichgültig : »Soll man denn andauernd klauen?! – Schön wärs schon.« »Na, – ich werd ma zusehn« sagte er, etwas ärgerlich anscheinend (aber warum?) – und : »Na, dann viel S-paß noch für den Herrn Auen!« »Schön Dank : Gut Nacht!« – »Wiedersehn!«

Und blieb betroffen stehen : Ich hätte nie gedacht, daß zwei schutzlose Mädchen derart schnarchen könnten. Ich neigte den Poller; – horchte; – schüttelte ihn : großer Fuchs!!

Oder war ein Kerl drin?! – ! – Ich klaubte die Faust aus der Tasche, weiß und knotig beim Mondspan : ich freß Dich ohne Senf!! –

Doch wohl nicht. Ich klopfte schüchtern; Grete war sofort da : »Ja? – Ach so« schloß von drinnen auf; floh jungfräulich hinein : »Sie schließen wieder zu, ja?!« Lore fragte schläfrig : »Wie spät iss denn? – Neun? : Gott : ein solider junger Mann!« (Ein freches Geschöpf!)

Zum Frühstück geschlafen : Vom Sport fiel mir noch ein : Byzanz, die Blauen und Grünen im Hippodrom : genau wie bei uns an der Avus. Und wenn Schanghai fällt oder Berlin wackelt : das Wichtigste für die New-Yorker ist, daß Leo Durocher angeklagt wurde (wohl der Trainer der »Giants« oder so) – Lebendige Geschichte : ich könnte ihnen den »Kosmas« schon mundgerecht machen!

Ostwind : eiskalt aber klar. Ich ging hinüber und wollte den Schuppenschlüssel. – : »Ja, das ist recht« sagte Lore : »Wir haben nämlich morgen usw. Wäsche – Waschküchenbenutzung ist genau geregelt – und brauchen Holz. – Zum Feuern ohnehin auch.« Grete kam (ausm Dorf, einholen) : »Denk mal, : der Lebke unten soll 537 Mark im Toto gewonnen haben ..« Das neue Golkonda. Flüstern. Lore rief mich zurück; sie fragte streng : »Was haben *Sie* eigentlich für Wäsche?!«. »Die können wir gleich mit waschen!« Ich senkte den Kopf : ich war doch keine gute Partie. »Ziehn Sie mal den Mantel aus!« bestimmte sie wissend; Besichtigung; : »Kommt ganz am Schluß mit rein.« »Hemden und Unterhosen geben Sie jetzt gleich rein; Strümpfe und Pullover« (richtig; sie war verheiratet gewesen und kannte Alles schamlos genau). »Je ein Stück« sagte ich dumpf; sie waren einen Augenblick still; dann meinte Lore resolut : »Ja : also was Sie anhaben. Und sonst Nichts ...?« Nichts. »Ja, was ziehen Sie dann in der Zeit an ..?« Nichts. Sie mußten lachen; aber es war ja auch doll. »Na ja. Hm« räusperte sie sich : »dann ists desto schneller fertig.« – »Ich helf natürlich mit« sagte ich fest : »ein großer Teil ist ja eigentlich Männerarbeit : Auswinden vor allem wohl.« Sie pfiff anerkennend und hob das klare kalte Gesicht : »Erstaunlich! –« sagte sie : »Bon! Wird angenommen. – Du : da werden wir vielleicht endlich mal an einem Tage fertig!« Aber Grete hatte Bedenken; sie wisperte bekümmert hinter dem Wandschirm, und wurde erst durch Lores hochfahrendes »Ph« gestoppt : »Herr Schmidt wird schon andere Sachen im Leben gesehen haben, als ein Paar Mädchenschlüpfer.« Das kann man wohl sagen : Unteroffizier bei der schweren Artillerie, mon enfant.

Entkleidet : ich betrachtete voll Grauen und Scham meine Wäsche : bloß gut, daß es nur fünf Stücke waren. Ich verkroch mich blitzschnell in die rohe Uniform; das kratzte wie die Pest; und abfärben würde das billige Schwarz auch noch : der Neger schlägt, man glaubt es kaum. Ich legte mit geschlossenen Augen die dreckigen und zerrissenen Hülsen auf die Diele, und bat angeekelt : »Möglichst nicht ansehen!« »Ach du lieber Gott« sagte Grete mitleidig : gute Grete. Aber ich mußte noch einmal zurück, Lebensmittelkarte vorzeigen : »Prima : hier ist auch noch ein Waschmittel dran« : das war eine Freude! »Aber taugen tuts Alles nichts« sagte Lore düster : »na, ich geh heut Nachmittag noch mal runter.« – »Eine Säge?« – »Bei Frau Bauer! Ich sprech aber nicht mit ihr.« »Ich geh schon«.

»Guten Morgen, Herr!« Sie strahlte mich mißtrauisch an (war das Anpumpen wohl schon gewöhnt); auch ich umfassend verbindlich (soll ich mal die Jacke aufmachen?) : »Die Säge hat der Herr Schrader drüben.« Wir knixten und lächelten noch ein bißchen : ja, auch das Wetter war sehr frisch : fahr zur Hölle.

Am Holzstoß lehnte sie, eine Bügelsäge; ich nahm sie gleich mit : nicht Roß nicht Reisigee / schützen die steile Höh / : wo Fürsten stehn! (Was sich Willem damals immer so dabei gedacht haben muß! Wies in solchen Köpfen aussieht, wird unsereins nie begreifen!)

Säche, liebe Säche : und stumpf wie ein greiser Dorfpfarrer (Die müßte Lang mal in die Kur nehmen). Dafür war die Axt ein Bihänder wie aus dem Rolandslied (»Lagestu in thes meres grunt« .. wär mir auch lieber gewesen!)

»Ist die Post schon durch?!« Lore hatte nichts gesehen : »Ich klopf an die Wand« – Richtig; es trennten uns ja nur zwanzig Zentimeter. Eine Zeit, in der die Menschen so auf Post lauern, kann nicht gut sein! Nach einer Zeit kam sie herum, Kontrollkommission, und war sichtlich betroffen : ein Drittel der Wand war mit aufgeschichteten Scheiten verkleidet : doppelt sogar. Selbst auf dem Holzklotz sah sie aus wie meine Göttin.

»Denn er hat ja keine Heimat mehr ...« : Zwei näselnde Stromer auf dem Platz draußen (wir und uns sahen sie gottlob gar nicht. Für arbeitsscheue Hofsänger müßte man stets Lorbeerkränze, kinstliche Blumänn und ähnliche nichtswürdige Präsente bereithalten; stellen Sie sich das Gesicht vor, wenn man damit applaudierend herausstürzte : dem Künstler eine gleich göttlich unnütze Gabe.) »Singen ist immer noch einfacher als Arbeiten« bestätigte sie heiter : ging das auch gegen mich?! »Viel einfacher!« sagte ich beleidigt. Sie ließ erst die Monarchen vorbei, und glitt dann hinaus; eine Kaaba war der Hackklotz geworden; na, einen Stamm nehm ich noch. – –

Wie zu einem Nachtwandler sprach sie : so vorsichtig : »Sie müssen unterschreiben« sagte sie tonlos : »Kommen Sie«. Ich ließ die Säge stecken : nein, ich zog sie in lustvoller Selbstquälerei heraus, legte die Axt pedantisch auf einen Balken, Heautontimorumenos, haspelte an der Tür, und kam.

»Na also« sagte lütt Grete, treuherzig und seifenhändig. Und Stille. Wir standen um einen Tisch herum, und das Paket lag drauf : violette Marken, weinrote; eine größere weiße : ein Dollar.

»Ich hab auch schon an meinen Vetter in Südamerika geschrieben« sagte Lore, sehnsuchtneidisch. – »Na : hoffentlich ist was Feines drin«, und sie wollten sich drücken; aber ich faßte an Jeder eine Hand, ich ließ sie nicht fort. Stumm. Und sie blieben; d.h. Grete holte Werkzeug, zumal eine Stopfnadel, und polkte die Knoten auf : »Prima Schnur«. Wir hatten uns auf mein Bett gesetzt und sahen untätig und geschäftig zu; Lore bewegte die Schultern (saß wohl auf einem Zeltbahnknopf); dann untersuchte sie wirklich die Bestandteile meines Bettes : Bretter, zwei Zeltbahnen, eine graue Decke, ein Deckenrest (rötlich : hatt ich wohl schon gesagt?) Sagte nichts. Grete machte vier Bindfadenringel und sah mich an; ich nahm ihr das Messer ab, durchschnitt den breiten Klebestreifen, und wir falteten das doppelte feste braune Papier ab : Alles daran war unschätzbar. Aber nochmal war der große Karton umbunden : also : Grete. Lore hatte schon die Adresse vor der Nase, und fragte von der Kaaba her : »Ist das Ihre Schwester?! Lucy Kiesler?!« »Tjawoll« sagte ich großspurig; »thats her« (jetzt wird nur noch amerikanisch gesprochen). Wieder drei Ringel. Und ich atmete tief, zögerte noch einmal und begann : obenauf eine Lage Zeitungen : New-York-Post. »Vorsicht!« schrie Grete auf : »Es ist Zucker drin!« Richtig : es knisterte weiß : ganz vorsichtig; (sie holten schon ein Schüsselchen)

»Ah!« : Bunte Büchschen, weißblechne tin-Köpfe, geheimnisvolle Zeitungsziegel : es roch nach – –

»Bohnenkaffee« sagte Lore ungläubig : 1 Pfund Bohnenkaffee.

2 Schachteln Camel : »Was denken Sie, was das heißt für Sie!« »Dafür kriegen Sie alles Mögliche!« – Dexo : »Was ist das?«

las ich aus den Fragestirnen, und überflog den emailleglatten Text. »Backfett« sagte ich : »kenns aber auch nicht weiter.« In einem milden Seidenpapier : blütengelb und elfenweiß : 2 Stücke complexion soap : sie senkten wehmütig die Gesichter und schnupperten so enthaltsam, daß es mir im Herzen weh tat; ich füllte Jeder eine Hand (Grete weiß, Lore gelb; rote war keine dabei, daher nahm ich die zunächstliegende Farbe) : prompt legten sie die Knollen wieder auf den Tisch. Ich wollte auch noch weiter auspacken; ich sagte unmutig : »Also hören Sie : ich sitz alle Abende drüben bei Ihnen, in Licht und Wärme, und darf Sie stundenlang ennuyieren : « Sah von Einer zur Andern : sie schwiegen verstockt; ich machte die Kiste auf und sagte : »Hier : ich hab auch Eins.« Richtig, es war das Brüsseler Stück Lux; sie sahen stumpf hin, aber es wirkte doch etwas; sie atmeten und schwiegen. Also : ich legte ihnen noch einmal die Stücke hinein (Sie hatte wunderbare Hände, und bei Grete gings wesentlich schneller). Ich zog sie blitzschnell weiter von Gegenstand zu Gegenstand : 2 Pfund Rohrzucker, Jack Frost, granulated. Tee : 16 federleichte Papierbeutel am Faden : »Der wird Euch schmecken« dachte ich (Dachte; mußte ja vorsichtig sein mit den Bälgern). Mor-pork : Schweinefleisch. »Das ist mehr als ne Monatszuteilung. Doppelt so viel« sagte Grete; hielt aber das Fäustchen brav geschlossen.

Zerbröckelt : eine dünne silberne Tafel Schokolade : ich riß das Papier so geschickt und schnell auf, daß sie nicht widersprechen konnten; griff ein paar Dreiecke, schob sie durch abwehrende Hände und beteuernde Lippen hinein. (Mir auch!) Sie bliesen : durch die Stumpfnase, durch die Rassenase : sprechen konnten sie ja nicht, und auch ich lutschte, wehrte mit der Hand weiteren Unsinn ab. (Machte die Grete nicht schon wieder die Hand auf? Ich drehte die Augen blitzschnell einmal herum, daß sie erschrak und wieder zumachte. So was!)

»Eine Rolle Garn« : Grete griff danach : »Noch Eine« sagte sie andächtig. »Aber Lila«, warf ich ein, auf die unmögliche Farbe

blickend. Sie schüttelte stark den Kopf : »Das ist egal!«; Tränen traten ihr in die Augen : »Seit vier Monaten haben wir keine Zuteilung mehr gekriegt. Und das waren 50 Meter weiß, damals!« Ich schlug vor (scheinbar nachdenklich die Hand am Kinn) : »Wenn Sie mir meine Sachen mit nähen, können Sie eine behalten.« Ich wurde grob : »Ja denken Sie denn, ich will mir was draus weben?! Ich hab doch nich mal ne Nadel!« (Richtig : auch mein Nähschächtelchen hatte einem Tommy gefallen; konnte wahrscheinlich auch als Kompaß gebraucht werden, armes England.) »Ich näh Ihnen Alles!« Sie schluckte weich und schwor zehnmal durch Kopfnicken. »Und wenn mir mal n Knopf fehlt, können Sie den auch noch zugeben!« : »Ach ja!« Dann kamen Pfeffer. Zimt. Kakao. Wir rochen und trampten durch Urhaine. Dann –

Ja, ich mußte mich setzen : »Schaffen Sie erst mal die Seife und das Garn rüber, und dann kommen Sie« sagte ich klanglos. 5 Sekunden; dann waren sie wieder da. »Soll man da nun lachen oder weinen?« forderte ich ein Urteil heraus; Grete griff hinein und hob 2, dann Lore und hob die letzten Beiden : 4 seidene Schlipse (und vor Jedem von uns Dreien stieg das Bild meines Wäschehäufchens auf : is this a dagger which I see before me?) »Ja, die können sich halt gar keine Vorstellung drüben machen, wies bei uns aussieht!« schlug ich vor. »Wunderbar –« sagte Lore : »Zwei sind mit Seide gefüttert : kuck mal die Farben!« Aber Grete war jetzt entschlossen : »Die werden umgetauscht« rechnete sie ruhig (ich nickte sofort) : »Sie brauchen ja – ja, Sie brauchen ja Alles.«

Ein Wickelkind : ich rollte weißlichen weichen Stoff ab, ab; ab : innen ein Marmeladenglas, damson plum. Aber der Stoff war merkwürdig; die Fachmädchen drehten ihn murmelnd. »Rund gewebt« (Grete); »Das ist Trikot« (Grete); zwei straffe Arme dehnten ihn messend : »Fast zwei Meter« (Lore). Verlegenes Schweigen; also noch eine Lage Zeitungen. Ich lachte wild und verstört auf : »Ja, ist das wirklich an mich?!«; es waren nämlich ein karierter Rock und eine quittegelbe Bluse. Auch kariert. Leicht getragen. Noch mal Zeitungen. Schluß. Ff : Blaß-violette Streifen drin und schwarze (in der Bluse). – Ich sah hoch; auch sie besichtigten es stumm : nickten still : feine Sachen.

Überblick (wir sortierten und beschlossen). Kaffee, Zigaretten, Schlipse, Kakao – : umgetauscht. »Das hier verbrauchen wir!« sagte ich hart. Zeitungen werden studiert (viel Frauenmoden drin : da werdet ihr ganz schön drüber sitzen; ich weiß!). Blieben Rock und Bluse, und 2 yards Ringelstoff.

Ich stellte mich vorsichtshalber vor die Tür : ich hob die Hand wie der Arringatore, runzelte die Stirn und dozierte : »Sie kennen alle Leute hier in der Gegend.« Sie konntens nicht abstreiten. »Wogegen ich durchaus fremd und verdächtig bin!« »Nein! Verdächtig nicht!« sagte Grete bieder; : »Nein!«; schüttelte noch einmal; atmete. »Außerdem *kann* ich sowas schlecht« nervös : »also : wenn Sie den Umtausch übernehmen wollen – Sie tun mir *wirklich* einen großen Gefallen!« Ich sah bittend umher : »Wir machen das ganz sachlich : Sie bekommen für Ihre Arbeit das Zeug hier (d. h. Rock und Bluse) : *wie* Sie sich einigen, ist allerdings Ihre Sache.« Ich hings Lore über den Unterarm; aber Grete meuterte : »Das kostet doch ein paar hundert Mark heute. – Und so was Gutes kriegen Sie nicht mal!« – »Schöner Wollstoff« sagte Lore, die langen festen Finger tief im Rocksaum : »und ganz weit umgeschlagen ….«

Aber jetzt drängte Grete wild zur Tür : denn ich wiegte den Ringelstoff lang über den Armen, raffiniert wie ein orientalischer Shawl-Verkäufer, lächelte schwelgerisch und vieltausendnächtig. – Ich sang aus : »Ich brauche – als Eigentum! – das Eßbesteck; Tasse, Untertasse, Teller; eine Schüssel. Dazu den Blechkanister, der im Stall liegt.« (als Waschschüssel nebenbei –). : »Nun? – Ein solides Geschäft?!« – »Es ist der Teufel persönlich« murmelte Lore ehrerbietig; was ich als Einwilligung auffaßte und ihr das Gewinde über die Schulter legte. Dann warf ich sie raus.

5 Minuten wartete ich : dann ging ich mit dem restlichen Zeug hinüber. Nur die Zeitungen behielt ich erstmal.

»Hemdchen!« hörte ich vor ihrer Tür Lore sagen : »einfach abgeschnitten; oben und unten ganz leicht gesäumt : Trägerband für die Achseln haben wir noch – – Mensch : das ist die Rettung für Uns! Das werden 3 Stück! Ohne weiteres!« »Nein; zwei.« sagte Grete fest. »Drei!« (Lore). Pause. Pause. »Zwei.« sagte Grete ruhig, aber so, daß die Große sofort nachgab. Ich trat ein (zur Ablenkung).

»Natürlich!« Ich durfte die Sachen in den Schrank stellen.

Ganz schnelle Beratung : »Als Wichtigstes brauch ich« zählte ich an den Fingern : »einen Spind – ganz einfachen Soldatenschrank. Einen Stuhl.« – »Ein Oberhemd, und –« Grete überwand vor Dankbarkeit die Scham : »eine Unterhose. – Und Strümpfe.« sagte sie. »Eine Glühbirne.« Da fiel mir etwas ein; ich wurde kunstvoll bedrückt; stockend begann ich : »Ich habe noch eine Bitte! – : Sie wissen ja, ich hab keinen Ofen, kein Holz, keine Töpfe. –« Kurz : »Wieviel Kartoffeln kriegt man für ein Pfund Kaffee?! – Sie müssen aber mitessen : dafür machen Sie mir dann jeden Tag mein Mittagessen zurecht.« Ich sah flehend in die dünnen Gesichter (es war ja auch wirklich abscheulich für mich, wo ich nicht kochen konnte; und ja auch Anderes zu tun hatte.) »3 bis 4 Zentner« sagte Lore vorlaut. »Wir brauchen ja auch jeden Monat n Zentner« meinte ich stirngerunzelt : »März, April, Mai, Juni – paßt grade – nicht?!« Und wir sahen unsicher zum Hausmütterchen Grete hin : ? Die fing unvermittelt an zu weinen, little Dorrit : »Wir sind spottschlechtes Volk« sagte sie : »Beide. Und Sie sind auch schuld, weil Sie uns sowas anbieten! –«. »Aber ich machs«, schloß sie dumpf, und machte ein düsteres Fäustchen : »Wir sind so verhungert! – – : Ich machs« – Jetzt spielte ich meinen letzten Trumpf aus : »Was ist eigentlich mit der Wäsche?« fragte ich wie erwachend : sie schrieen auf und stürzten zum Einweichmittel.

Die heizbare Steppdecke : ich sah noch immer auf das verführerisch bunte Bild, wo eine amerikanische Schöne soeben lächelnd ihr Mittelstück vorwärmte. Kopfschütteln. Nochmal. Unwillkürlich mußte ich auf mein Lager gucken : ein dreifach Heil dem Sanitätsgefreiten Neumann.

»*Und ich* hab ihm damals nicht mal n Handfeger geborgt« erinnerte sich Lore reuevoll in der Waschküche. (Exzellent : siehst Du!!)

Um 1 mußte Grete in Krumau sein; sie nahm auf dem alten Herrenfahrrad Platz und klapperte los. Wir entwarfen noch rasch den Feldzugsplan : Nachmittags schlafen gehen; ich steh um 23 Uhr auf, auch Lore. Sie beschickt den Kessel; während ich heize, geht sie rüber, und macht Essen für uns Drei (Hier raunte ich ihr ins Ohr, und sie lächelte : spöttisches Geistergestrahle : ich geb den Rest meines Lebens für 8 Tage : das sagte ich aber noch nicht!). Um halb Eins essen; um Eins fangen wir, mitten in der Nacht, an zu waschen : dann hängt um – na 8 oder 9 alles auf der Leine. (Und Frau Bauer ärgert sich grün!) Muy bien.

»*Rührkartoffeln!*« rief ich ihr noch nach! – Wetter kühl; sehr kühl : aber klar. (Rührkartoffeln : großer Gott, seit wieviel Jahren das erste Mal wieder?! Magnus nascitur ordo.). Holz muß ich auch noch in die Waschküche schaffen; wie gut, daß jetzt Papier und Pappe zum Anfeuern da sind. –. –. – :

Wie mit Fäusten raste der Wecker, besinnungslos, übern Romsdalsfjord, über delphinische Wasserklippen; ich zog mit leerem Kopf die Schuhe an, schaudernd in dem kratzigen Zeug.

Poch, Poch? – »Ja : sofort!« (das war Lore; hatte also auch den leichten nervösen Schlaf) : »Ich warte draußen!«

Draußen : Mond buckelte still hinter stillen gelben Wolkenfronten. Wer weiß, ob Herrschaften in der vierten Dimension nicht alle 10 000 Jahre ne Zeitraffer-Aufnahme von unserem Weltall machen : da ist die Erde nur ein Plattenfehler!

Mit hartem Schritt auf den Platz; weiter vor zwischen Kirche und Haus Schrader (Wurm : also so was!). Weit im Norden bewegte sich ein Licht : wars ein nächtlicher Güterzug? : Gott, welche Bilder drängen bei jedem solchen Wort auf einen Soldatenmenschen ein! »Nächtliche Güterzüge!« : ich senkte den Kopf, fluchte, und knarrte zurück : da prellte breites Licht aus einem Mädchenfenster.

Sie kam mit Glühbirne : »Tag, Herr Interlokuteur« knixte sie (wunderbar!); der Schlüssel ging von Hand zu Hand wie ein stählerner Kuß : »Sie sind groß : Sie können so rauf langen«; kann ich, Lore, kann ich. »Wenn sie drin bliebe, würde sie sofort geklaut werden.« Ich nickte, zutiefst überzeugt (würde auch keinen Augenblick anstehen; hab selbst keine) Sie hatte ein Tuch um den Kopf gewunden; breite weiße Stirne, schmales listiges Kinn.

Ich wandte mich roh : ich sagte scharf : »Wie alt ist der eigentlich?!« – ? – : »Der Vetter aus Dingsda!« Sie lachte geschmeichelt : »Och : – reich und unverheiratet (kokett!). – So : 55!« Da wird zufrieden gebrummt. Weiter Wäsche einseifen und in den Kessel hinüberschwenken.

»So!« Ich hatte schon 5 Minuten sinnvoll im Feuerloch hantiert. »Also Sie machen jetzt Feuer; wenns kocht, klopfen Sie ans Fenster – ach Quatsch : an die Tür natürlich. – Das wird vielleicht anderthalb Stunden dauern. Ich mach Essen –« Wir lächelten, Gourmands, und atmeten tief : gesegnet sei Mrs. Kiesler! »Anschließend trinken wir Jeder Tee« sagte ich : »mit Rohrzucker!« Les mille et une nuits. (Galland war ein großer Mann; nicht der Flieger, sondern der alte Literat 1646–1715). –

Allein : Der Ofen zieht gut; oder : es brennt superb : ist dasselbe. Viel Zeit zwischen jedem Anlegen, immer so 5 Minuten, zum Spinnen. (Aber kalt ist es ohne Mantel und Wäsche : grausam!)

Zartes Gestirn zittert im Ruhegewölk : Viermal schrie es ums Haus : Wish-ton-wish. Wish-ton-wish : Käuzchen. Großer Mann, der Cooper. Das ist der Fluch der Soldaten : nie allein sein können; hier war ich allein : endlich! Kalt, ja : aber endlich allein. Nur drüben hantierten und schliefen die beiden; das ging noch an.

Mit einem eisernen Haken : vorm Ofenloch kauernd : da glüht Alles fremd und edelsteinern, aber so klar, daß man hinein möchte.

Salamander sind keine so dumme Hypothese. Not so bad, not quite so bad. Und natürlich fielen mir Hoffmann ein, und Fouqué : mein Fouqué : den möchte ich sehen, der davon nur halb so viel weiß, wie ich! Wenn jetzt die Fee Radiante vor mich hin träte, und mir drei Wünsche frei gäbe ... ich spreizte die Hand und kniff den Stoppelmund ... drei Wünsche ... (ich werd Euch was pfeifen; denn am Wünschen erkennt man die Menschen, und ich bin nicht Sir Epikur Mammon!)

Blakenhof : ein Licht. Die junge Frau Müller soll ein Kind bekommen. – »Kinder binden« (Sollen sich lieber n Tandem anschaffen : da sind sie noch mehr aufeinander angewiesen!)

»Es ko-hocht!« Jetzt war sie frisch und sachlich zurechtgemacht. »Gut« sagte sie : »in 15 Minuten komm ich wieder; das Essen ist auch soweit : soll ich die Büchse aufmachen? ...«

Ich machte 6 Scheiben daraus : dicke! Und Grete briet sie selbst. Sauce aus irgendwas mit einem Eßlöffel Dexo dazu : sie hatten vor Entzücken aufgeschrieen, als sie das schneeweiße Fett sahen : Oh! (Apel will 4 Zentner für den Kaffee geben, sagte Grete) – Ach, ist das wunderbar : man kann nur den Kopf bewegen. Essen, Essen : Oh : Essen!! –

Und schon kochte das Teewasser; sie hingen die Beutel in die Gläser mit den silbernen Henkeln (ich kriegte meine große Steinguttasse : schildert Mohammed nicht so die Wonnen des Paradieses?); und auch der Rohrzucker wurde nicht geschont : »Das war was« sagte selbst Grete.

Waschen, Auswinden; Waschen, Auswinden : wir arbeiteten wie die Diesel. Und sie waren begeistert, wie schnell's ging (Wäsche auswinden ist *keine* Frauenarbeit, s kann Einer sagen, was er will!). Und nun weiter : 140 Stücke sinds, glaub ich.

Heiliger Antropoff : tat mir der Rücken weh! (»Mitternacht ist vorüber : das Kreuz beginnt sich zu neigen.« hatten Humboldts Gauchos immer gesagt : demnach wärs also bestimmt 12. – Tembladores fielen mir ein, mit allen Geschichten und Widerlegungen, und die ganze voyage équinoxiale prozessionierte heran, so daß ich entrüstet an was anderes dachte : ein gußeisernes Gedächtnis ist eine Strafe!!)

Die starke schwarze Morgenluft, in der ein Endchen Mond flackerte.

Zinnern zog der Tag über den Sportplatz heran : zähe; auch Bauers rührten sich. »Der Schorsch ist ein großer Affe« sagte Lore verächtlich. So ausdrucksvoll, daß es auch Einen von der Mon-Khmer Gruppe überzeugt hätte.

Jetzt wurde es rosa : aber auch gleich so gemein rosa, wie in einem Mädchenpensionat um 1900; als sei nichts passiert; schamlos. Und ich trug die nächste Wanne mit auf den Wäscheplan hinterm Haus, wo Grete verfroren im weißen Geflatter kämpfte. »Die Klammern reichen nich!« krähte sie durch Festons diskreter Dinge : selbst mein Gelumpe war sauber geworden.

7 Uhr 30 : Fertig! »So zeitig hats noch nie geklappt!« gestanden sie. Und besahen mich stolz. »Jetzt schlafen wir wieder bis Mittag, wenn Grete gehen muß.« Auch ich war wie Stein und Holz; wir trennten uns gähnend (aber das Essen war gut gewesen! : man hatte tatsächlich noch keinen Hunger; God bless her.)

Ich trat hinein : mädchenhafte Vasen standen straff auf Konsolen, blauer Schmelz und Linien der Jugend; Pokale in Schränken; metallene Schreinlein; Petrus mit dem Schlüssel, Terminus in Greisenlocken (laut Stägemann). Im nächsten Raum Bilder : Trinkende Frauen; Landschaft im Odenwald; Muscovius stand da, im Predigerhabit, mit der Amsel auf der lächelnden Hand : dunkelbrauner Rahmen : das war gut. Eine alte Truhe : 1702 ... Eisleben ... Henry Cha... (schwer zu lesen!). Ich ging langsam weiter durch das Museum : auf umglasten Tischen viele Abdrücke babylonischer Siegelzylinder; die hatte ich als junger Mensch stundenlang und gierig besehen : Greiffe in Perücken standen wie ihresgleichen inmitten der Menschen, Stilbäume bogen sich blättersimpel über Einhörner : Vollbärte waren auch damals Mode. Hinter mir an der Wand lehnten zwei Mumienschreine : einer noch geschlossen; das andere dicke braune Gesicht beobachtete mich überlegen, göttingisch, ägyptisch. Moderne Malerei : »Rote Form«, und : »Zwei Menschen«, Plastik, als altes Fahrrad. Ohne mich. Rüstungen gafften aus hohlen Visieren; Fouqué pflegte so was mit Rührung zu betrachten : »... darin einst ein kühner Leib gewaltet hatte ...«; ich ging kühler an den Konservenbüchsen vorbei, und trat in die letzte stille Halle : groß, groß.

Aus der Seitentür trat ein Alter, händegepflegt, mit fremdenführergroßem Maulwerk, weißes geschäftiges Haar; alt, groß und klapprig : watch out for flying parts. Ich nahm ihm das Messer mit einer Gebärde, die etwa den Wert einer mittleren Ohrfeige hatte, und schnitt stirnrunzelnd die dicke Papierschnur durch, die die Flügel des Triptychons geschlossen hielt. Sie schwangen leicht und weit aus. Ich ergriff meine Oberarme mit beiden Händen und stand. Und. Sah. (Und andauernd stänkerte der blecherne Alte hinten vorm Eckgetäfel).

Links : Erster Akt : ein Zimmer. Am riesenbreiten Schreibtisch der Wernigeroder Herr, recht rotentrüstet und hoffärtig : nannten sich die Buben nicht Hoheit? Der nasenfeixende Sekretär daneben, geschwungener antiker Frack, schlank und billiger Jesuitentyp (als wenns einen teuren auch gäbe!). Der Mann im Vordergrund hob soeben schweigend die Bücher auf, die man nach ihm geworfen hatte; mittelgroß; in langgetragener Demut blieb der Rücken; die Hände mit den vernachlässigten Nägeln faßten still um die alten Formate. »Das ist der Bibliothekar Schnabel« schrotete der Alte mir im Genick »und der Herr sind ungehalten – oh!«; ich hieb ihn mit dem Hinterkopf in seine Ecke und ballte die Backenmuskeln : da sah ich, wie Schnabels Gesicht unter dem Arm hervorkam; ich hatte ein verschlossenes, verschossenes, erwartet; aber nie, auch beim trocken-genialen Hogarth nicht, sah ich so wildes boshaftes Grinsen, solch erhabenen Hohn über sich und die Welt (auch den Fürsten; auch Gott, natürlich). Hier war nichts zu tun, als wegzugehen; ich neigte mich wie im Tressenrock (und das Altmaul plapperte!)

Rechts : eine ärmliche Dachstube; auf einer Art Chaiselongue stirbt er. Ein sachlicher Mann in schwarz und weiß als Arzt; Pfeffer und Salz. Eine reife Haushälterin ringt, besorgt um sich, die Hände. Aber das lappige graue Gesicht blickte im herzstockenden Gemisch von Todesangst und Lächeln, oh Schweiß und Übelkeit, übers Fußende zur Tür, wo geisterhaft durchsichtig, und nur für ihn die lange Reihe hereintrat : Albertus Julius und Cornelia (Bergmann); Litzberg, Jünglinge, Mädchenkinder; und dem schandharten Bett, wie aus Zeltbahn lags über Brettern, nahte sich heiter und ehrerbietig-kühn Wolfgang der Seefahrer : er hatte die Hand des Meisters gefunden und zog ihn leicht, hoch aus dem Erdengestank : denn es mochte ein Boot draußen warten : dann zum Schiff : und dann fort : ach, fort! (Und hinten kommentierte der alte Fant wie ein Germanist)

Dahin : Dahin! : Aus der Tafelmitte strahlte, gewaltig groß, die Insel : weiße Wände über dröhnendem Meer : o du mein Exil! Ich konntes nicht ertragen; ich drückte den Kopf auf die Fäuste, und heulte und fluchte quer durcheinander (Aber mehr fluchen : you may lie to it!) – Ich habs ja auch schon anderswo beschrieben.

Halbwach : ich klaubte die Glieder vom »Bett« hoch und schludderte mit sandsteinernen Füßen zum Tisch. Ich schrieb einen flehentlichen Brief an Johann Gottfried Schnabel, esquire : er solle wieder einmal ein Schiff von Felsenburg schicken, botenbemannt : die würden durch die Straßen gehen zu Tag und Nacht in weiten rauschenden Mänteln, und in alle Gesichter spähen, ob wieder welche reif wären, Gequälte, wild nach Ruhe, den Inseln der Seligen. Sofort müßte man aufbrechen, nach einer Hafenstadt : in Amsterdam hatte Kapitän Wolfgang immer angelegt; ich wußtes wohl und fluchte mit verbissenen Augen nach dem Entschluß.

Lore sah herein : da sprang ich mit ihr zur Wäsche (sie trocknete sehr schlecht; aber es ist ja noch 3 Stunden hell, und der Wind geht recht munter : never say die. – Das Bügeleisen borgt Grete immer bei Frau Schrader)

Müssen morgen noch mal raushängen. Die Hälfte ist – tja, ich würdes ja auch noch feucht nennen – aber man belehrte mich in gewichtigem Tone, daß dies »bügelfertig« sei.

Wie Hackelnberg, der wilde Jäger, kam Grete auf der alten Arcona an; das klapperte so erbärmlich (ich seh morgen mal alle Schrauben durch; die Handbremse funktioniert auch seit Jahren nicht mehr). Sie billigte unsere Behandlung der Wäsche : »Ich geh gleich noch mal rüber zu Frau Schrader : da kann ich dann morgen ganz früh mit plätten anfangen«. Ich winkte Lore gebieterisch und fürstlich und sie eilte zum Tee : aus so einem Beutelchen kann man 4–5 mal Tee machen : »Und dann tun wir sie zusammen; und ich kochs nochmal!« sagte Grete glücklich : »einen Schrank hab ich auch schon!«. Und sie erzählte, daß früher bei der Fabrik – im Kriege – viel Fremdarbeiter gewesen wären, in Barackenlagern, auch Alle soldatenmäßig eingerichtet. Und da wär jetzt noch Einiges da : alte Tische, Feldbetten, Schränke. Und der Geräteverwalter wäre ein Lump und rauchte; diese Verbindung erschien mir bedenklich : ich erklärte gekränkt, daß auch ich bis vor zwei Jahren ... sie lachten artig, und weiter gings : für 10 amerikanische hätte er sich bestechen lassen, einen Einmann-Spind für 60 Mark offiziell zu verkaufen : und da nun die Zigarette schwarz 6 Mark kostete ... »Also für eine Schachtel –« sagte ich verblüfft; und Grete nickte tapfer und pfiffig : »Er ist noch ganz fest; allerdings so grob gestrichen : blaugrau und zerkratzt. Aber ganz fest noch!« – : »Na also!«

»Was eulst du denn immer draußen rum?!« fragte Lore gereizt, als sie das zweite Mal ihr Teeglas verließ (vornehme Gläser das : sah hübsch aus, die Mädchen mit den Gläsern; aber ich lob mir mein Steinkrükchen), und in die flache Dämmerung irrte. »Apel kommt doch noch« erklärte sie verwundert : »heute Abend mit den Kartoffeln : er fährt hinten am Sportplatz lang, und –« sie sah mich unsicher an : »– dann müssen wirs in'n Schuppen schaffen«.

Lore hatte das Vorhängeschloß in der Hand und zählte (auch!) die Säcke : »Drei!«. Ich schnob wie ein Wind; war doch nicht so leicht, immer die hundert Meter den Hang hoch mit einem Zentnersack im Genick! Und die Kiste füllte sich : Grandios : »Ssåtgut« hatte Apel kurz gesagt : *waren* auch schön; rote und gelbe. Als ich mit dem letzten Leeren runter kam, plauderte Grete noch ein bißchen, bereitete schüchtern weitere Konsumationen vor (wenn noch Eins kommt, könnten wir ja schon ein paar Pfund Speck erhandeln! Welch ein Gedanke!!) – Ich nahm den kleinen Breitschultrigen kurz beiseite (war ihm schon als der eigentliche Eigentümer der Sachen vorgestellt worden); er zögerte, grinste, na endlich : auch Schnaps machte er. Wir schüttelten uns fest die Ehrenhände : Mann hatte den Mann erkannt; außerdem konnte ich als Hamburger sein Platt fast täuschend nachahmen; wir schieden als Komplizen.

Mit einem Licht an der gefüllten Kiste : Grete, notgelehrt die Tür mit der Hand schattend, sah rührend aus : was ist eine Madonna mit dem Kinde gegen dieses Bild der kleinen ›Flüchtlingsfrau mit Kartoffeln‹?! (Und die Lichteffekte waren frappant; wie in der »Abendschule«, oder bei Schalcken).

Morgen Abend werd ich wieder n Hemd anhaben.

26.7.1946.

Ein Klavier plimmte schüchtern, und Gretes biederes Sopranstimmchen beteuerte, daß ihr nie der Schlummer nahe, bevor sie nicht »ihn« gesehen hätte; und ich widmete einige Augenblicke ruchlosen Betrachtungen (draußen strahlte und funkelte Alles : also ein Strahl- und Funkeltag!).

»Haarig ist die Kokosnuß« pfiffen zwei Tippelbrüder auf der Landstraße.

Und aus Brand's Haide : »Du Schtruhkupp – Du, Du!« lockte die Wildtaube. (»Lore! – Sind Sie soweit?!«)

»5 Minuten!« rief sie : »5 deutsche Reichsminuten!« Und sie kam lange vorher : ein rotes Kopftuch aus Fallschirmstoff, eine Tasche baumelte : so gingen wir in die Wälder nach Beeren und Wurzeln; vor allem nach Pilzen. (Grete wollte uns am Abend abholen).

Drüben saß Pfarrer Schrader in der Laube, erhitzt und ältlich (kann Jedem passieren), wohl über der Predigt; er gähnte, wie ein Unbeobachteter pflegt, unter einem Barett von unglaublicher Flachheit; kratzte sich unterm Arm; wieder. Endlich brach er einen breiten Zweig vom Jasmin und wedelte sich langsam (in seinen Amtsferien nahm er sich, gleich Epikurs Göttern, keines Dinges an, sondern saß in der Laube, trank Fruchtwasser, und las im Luther – oder der Guyon, was weeß ich : jedenfalls in den schon erwähnten speckigen Bänden, die er immer noch nicht gewaschen hatte). »Sehen Sie? –« sagte ich düster und neidvoll angeregt : »Das tun viele Primaten ...« und zitierte flink aus dem Brehm : Bruce, Hornemann, Pechuel-Loesche – es verfing alles nichts : ich mußte mit! (Aber ein belohnendes Lächeln war mir geworden : was wollte ich mehr!)

Ebbes Heiliges : Von der Seite hatte sein Gesicht einen superhimmlischen Ausdruck; das Klo hinterm Haus, halbrund, wie eine Apsis.

Beim Hinuntersteigen : (und der Sonnenpfau prahlte am Himmel) die weiten Horizonte, waldumkränzt, meilenfern : Menschen im Fernrohr : ein Ideal : man sieht sie wohl, aber hört, riecht, fühlt sie nicht. (Die Lautlosen, Bungelosen, Stillen.)

Dürftiges Fenster : die örtliche Tauschzentrale : Bügeleisen, alte Kleider und Schuhe, Automobil gegen Litfaßsäule; vorbei, vorbei.

»Sie müßten eine Sichel tragen« sagte ich gebannt; sie öffnete fragende Augen, oh Nasemundundwangen (Lalla Rukh heißt Tulpenwange!), und ich erzählte ihr von Pschipolniza, der Mittagsgöttin im wendischen Ried. Dann : pfeifen : »das Mädchen aus dem goldnen Westen« (Puccini und der Abbé Prévost; verflucht, daß alles sterben muß; der liederkundigste Mund, und wenns Richard Tauber ist; gläserne Süßigkeit und Leidenschaft).

Nach einem Wege gefragt : Er antwortete, daß es selbst mir, dem der Landessprache leidlich Kundigen, wie »Bärentraubenblättertee« klang; aber es gelang mir, sofort geistesgewandt : »Ah! – Danke! –« zu erwidern. Lore sah mich gespannt an : »Hat keinen Zweck« sagte ich verächtlich : »so lange können wir nicht mehr laufen – –. – Am Besten : wir gehen hier in'n Wald! –« Und sie nickte zufrieden.

Kremplinge : hats zwei Sorten : beide lederbraun, am Rande eingerollt, flache oder meist gar konkave Kappe; die eine mit kaffeedunklem Samtstiel. Die düstere Fichtenschonung; Stämme starrten, braunschwarzstille Säulen, fruchtbare Wesen, in furchtbarer Ordnung; stumme Schnecken fraßen still im pilzigen Fleisch, und die drallen Bitterlinge derbten braunrosa im Genädel. : »Stellen Sie sich vor, diese Säulenschlangen könnten sich, wenn auch langsam, bewegen; von 10 000 Schmarotzern, tief im Holz, gepeinigt : könnte man bloß die Insekten aus der Welt schaffen!«

Hoffentlich gibts Wasser heute Abend! (Durch die Demontagesprengungen gehen ständig die Kabel kaputt; vorher und nachher Sirenengeheul.) – Gelobt : Hans Watzlik »die Krönungsoper« : ist gut! Auch Jonathan Swift : ein großer Mann : dies wurde gerühmt, mitten in 200 roten Täublingen (und unsere grünen Mückenschleier, die wir statt der Säckchen in den Händen schlenkerten, füllten sich rapide!). Lautlos brennts im Moos.

Vorsicht vor Schlangen! Ich kannte mal Einen, der erzählte mir : jedes Jahr, in denselben Tagen, wo er gebissen wurde, ging ihm der Nagel am Fuß ab, und ein paar kleine Geschwüre bildeten sich : ist noch ganz geheimnisvoll. Also : precaución!

Grünes Glimmen überm Nadelboden; die Goldhitze umfing uns wie im Traum; es war ja eigentlich meine erste Liebe!

Ein Fremder (wenn er auch schweigend schritt) : was wollte der Gringo in unserer lieblichen Zweiöde?! (Zweitönigkeit : oh Wald und Glasluft!)

Ein Baum im Wald : wer ihn mit einem dürren Ast auf 15 Meter trifft, wird glücklich sein : Lore traf ihn; ich traf ihn beim zweiten Mal : so sind wir Beide glücklich! Bon.

Über Krumau donnerte es wichtigtuerisch, und dann fielen so 5 Tropfen (das sanfte Gesetz) : wenn ich wegen jeder Gießkanne son Radau machen wollte! (Und mal ganz abgesehen von der His-Master's-voice-Theorie!).

Sie sah mich Kauernden an : ich sagte flehend : »Elfen soll man an dem spielenden Licht aus ihren Augen erkennen!«; ich hob die Brauen, ich bat in ihr Gesicht : –

Waldrand : ein Waldrand. – »Lore!! –«

»Ich bin jetzt soweit –« sagte sie zwischen den Zähnen; ich antwortete überm Herzgehämmer : »Ich auch. – Schon seit dem halben Jahr!« Wir lachten nicht (brauchten unsre Energie zum vernünftig Dastehen); ich forderte rauh : »Gib die Decke. Ich muß mich an was festhalten.«

Ein roter Fleck Quendel.

Ich konnte nicht anders : ich umfaßte mit der Hand ihren kräftigen

Knöchel und sie lächelte mokant und gütig : auch in der Hinsicht würde ich zufrieden sein. – (Hat sich neue Strümpfe gepumpt). – Ich sah sie an, lange, mußte den Kopf niedernehmen, und fügte meine linke Hand um die ihre. So atmete ich schwer und langsam, bis sie ihren Kopf zu meinem legte, und unsere langen Haare der Wind eine gute Weile mischte, braun und fahl; und sie wieder wob : fahl und braun.

Sie sang : leise und spöttisch : »Leben ist ein Hauch nur ...« – – »Ein verhallnder Sang! –« Und ich nickte glücklich und ehrerbietig. Glücklich. Ehrerbietig. Denn also ist der Unterschied, ob die Geliebte, ob Lehrer Bauer solchen Mist summt.

»Ich kann nicht tanzen.« – »Du wirst es lernen!« sagte sie drohend (hat wohl den Steppenwolf gelesen). »Nein« sagte ich gutmütig : »das nun eben nicht; – aber Dir stehen die apartesten Sachen bevor!«

Liebe ach, ich schwöre es dir bei der Nova im Perseus; und ich mußte ihr vom großen Madrider Meteor vom 10. Februar 1896 erzählen.

Schneckennamen (zum auf die Häuschen malen) : nur 4 Buchstaben, (weils ja nur kleine Häuschen sind!), und originell : »Eine heißt LELE«. Pause. Sie überlegte, runzelte, flammte mich an : »Eine heißt GLOP« sagte sie kurz, und ich spitzte anerkennend den Mund : GLOP war gut! Pause; neidisch : »GLOP ist sehr gut!!« – »Eine heißt TOSE. MINK, ÜTL, XALL, HILM.« – »Eine einfach MAX«. – »Dann kann ich ja auch eine KURT nennen« sagte ich gekränkt : »Nein, nein : Originalität ist ja auch eine der Bedingungen!«; aber sie bewies mir, daß es MAKS zu schreiben sei, und fügte sofort hinzu : »URR, PHEB, KÜPL, ARAO, SIME, LAAR« – : ach, waren wir glücklich (indes die Schnecke weiter zog).

»Wo hast Du Deine glücklichste Stunde verlebt?!« Ich erwiderte schamhaft »Beim Lesen der Dichter. Bei Erkenntnissen. –« Sagte nach einer schlimmen Pause : »Jetzt ....« – Nickte : in ihre Augen; Haar zu Haar. –

Da! : Cumuli! : Ich blickte hinauf : hohe gerunzelte Wolkenstirnen ringsum : ernsthaft, mißbilligend, bejahrt, der gerenische reisige Nestor, alles Synonyma (also wahrscheinlich Regen & Hagel gemixt!) – »Lore?« aber auch sie wußte kein Sprüchlein dagegen; früher hatten die Frauen immer solche Sachen gekonnt! – »Wieso?« sagte sie spitzfindig : »Ich habe eigentlich immer nur von Wettermachern gehört?! – ?«. »Vernunfte nicht unziemlich« sagte ich streng : »es handelt sich nicht um machen, sondern um zerstreuen : das ist Frauenarbeit, ganz decidedly. –« und mußte sie schon wieder mit den Augen küssen, was die vâlandinne natürlich sofort merkte, und malitiös den blassen Mund bog und dehnte, daß ich nicht mehr wegsehen konnte (Selbst die Einsiedler der thebaischen Wüsten unterhielten sich oft stundenlang mit dem Teufel. Oder gar mit sich selbst.)

Erst die Bimmelbahn (Von Visselhövede, diabolus ex machina); dann kam klappernd Grete zum Treffpunkt : »Zwanzig Pfund Pilze!!« staunte sie. (Nahm resigniert zur Kenntnis, daß wir »DU« sagten). So saßen wir auf dem winzigen Haidlein am Waldrand; die Damen putzten Pilze.

»So! Und was hat der Film aus Storms IMMENSEE gemacht?!« – »Ist es nicht eine Schande, wie aus der zarten Legende unter den Händen rühriger Farbregisseure ein derbes Anderes wurde!?« Ich rollte mich beleidigt auf Lores Seite.

Klopstocks Messias : insania iuvenili, perversitate saeculi, verbositate senili liber laborat. Sie (Lore) klaubte sich den Sinn zusammen, »Was heißt verbositate« fragte sie; ich sagte es ihr, und sie nickte verächtlich : »... toller Mist ...« sagte sie. C'est ça. Wen der Herr züchtigen will, schickt er zum ... (soll Jeder beliebig einsetzen)

Grete hatte müde tuchene Braunaugen : das verfluchte Cellophanmachen! Sie sammelte die Quendelstäudchen; Feldthymian. – – »Noch'n bißchen ausruhen!« – –

Warm und still versteckte sich der endlose Abend bei Rauchrot und

Ackergrau; nahte Alles aus fernen Kiefernsäumen, lächelnd und verdeckt; dörflich glomm die Butzenscheibe des Mondes hinterm Wacholder, warm und still.

Indian file über Nadeln und Wurzelschwellen; selbst Grete wischelte voll Schmugglerlust an der Dämmerung. Eine weite Wiese tat sich rechts auf; ich flüsterte verdutzt : »Hier sind wir vorhin nicht vorbei gekommen – –«; aber schön sahs aus : das graue (unverstümmelte) Hochgras, selbst die Halme vom vorigen Jahre bewegten sich noch mit; viel lose Stille. Aber die schärfsten Augen hatte mein Falkenmädchen, sie zischte : »eine Laterne – ! – Kommt bloß raus!«; und wir wanden uns instinktiv nach Links, fluchten im Laufen halblaut und ehrlich auf die ewigen Waldwärter, die doch weißgott den Flüchtlingen das bissel Zeug gönnen könnten : »Aber lieber lassen sies so verfaulen!« sagte Grete bitterlich : »eh sie Einem nicht 5 Mark fürn Schein rausgeleiert haben .....« Wieder nach links, ein kurzes breites Stück : ach, da ist ja die Chaussee! Wir sprangen auf die Teerdecke : jetzt sollte mal Einer kommen, und ich setzte den Eichenstock des Alten dicker auf : bei soviel Strolchen und Banden war der wirklich unschätzbar; jede Nacht wurden ja ein paar Gehöfte überfallen und das Vieh geraubt! So kamen wir zwanglos auf Polen im allgemeinen; dann die Oder-Neiße-Linie, und das Thema reichte ja bis zu Hause.

Die Abendlampe : ich war willkommen und trat ein. »Sind sie das?!« fragte Lore sofort und nahm eins der schwarzen schmalen Dinger in die Hand (Schrader hatte heut nämlich endlich die Kirchenbücher rausgerückt; »demnächst«). »Och – schalt aus!«, denn »Buli Bulan« oder sonst ein Verantwortungsloser sang sacharinen : Fräulein Loni / ist mein Ideal / : denn sie kocht mir jedesmal / : Makkaroni ..... also gesendet im Bremer Werbefunk, süß sog und sandete die Musik (bloß, falls mich wieder mal Einer n Misanthropen nennt : ich hab meine Grind!)

»Also schön« sagte ich sachlich (sah Eine dabei unsachlich an) – »helfen würde mirs freilich sehr, denn er will sie schon morgen

wieder haben. Was zu tun ist, wissen Sie : Maria Agnese Auen. Eventuell deren Geschwister, Eltern, und so fort : also wo der Name Auen vorkommt wird geschrieen. Wir werden – durch die Heiraten – zwar dann auch auf andere Familien kommen, so daß wir die Bücher zweimal durchgehen müssen, aber sie sind ja dünn genug. – Jeder nimmt Eins – : –«. »Ich will die Heiraten« sagte Lore nachdrücklich und boshaft : »das ist immer so interessant – –«; sie bekams; Grete die Geburten; ich den Tod. »Wo fangen wir an?« Ich formte überlegend den Mund : »No – wollen ganz vorsichtig sein – : 1800!«

Ein Blatt. Dort ein Blatt : der Wecker trippelte in stählernen Schühchen im Kreise. Ich hob die Augen ohne den Kopf zu bewegen : sie hatte darauf gewartet und senkte die ihren. Hier ein Blatt. Wind ging atmend ums Haus und nestelte an den Scheiben. »Wo sind Sie?«; Murmeln : »1780«; – »Du?!«; »60«. – »Dann Vorsicht.«

Nonchalant sagt es von drüben : »Hier ist was. – Du!« und wir steckten Köpfe und Hände zusammen : also :

1752 am 17.10. heiratete Maria Agnese Auen! – gut, gut! – den hildesheimer Schuster Johann Konrad Fricke : das ist also die in den Briefen vorkommende Mutter. Ihr Vater : Johann Wilhelm Auen, Gärtner zu Amt Coldingen – »Das ist gleich drüben, hinter Brands-Haide –« rief Grete aufgeregt : »ich kenns; Eine von da arbeitet neben mir!«, und ich hörte sie so interessiert an, als nütze mir auch diese Nachricht. »Johann Wilhelm!« sagte ich dann assimilierend : »Johann – Wilhelm : das ist neu : das ist der Großvater, der immer im Scherz behauptete, keinen Geburtstag zu haben. – Gärtner also. – Na, mal weiter!«

1731 : Grete hatte ihren Geburtstag gefunden : 4.3.1731. Leider war wieder deren Mutter nicht mit erwähnt. – Übrigens gut in Ordnung die Dinger; auch wichtige Bemerkungen ab und zu : besondere Vorkommnisse, Krieg, Naturereignisse, selbst Aberglauben aller Art (das wär was für Bergers gewesen!). So war bei mir, und ich las es vor, daß Lore mitstenografieren konnte :

der Bericht des Predigers Overbeck vom 11.10.1742 : ».... Unterschiedliche Bauern instruiereten mich, daß man am heutigen Abend in Brands-Haide viele Lichter sehe, auch Stimmen hören könne, so daß gar das liebe Vieh in den Ställen unruhig sey und sich Kinder und Mägdgen nicht aus den Häusern traueten. Ich verfügte mich in Begleitung des adjuncti, Hrn. von Bock, sogleich auf den Kirchturm, wohin mir auch besagte Bauern mit Laternen und Dusacken folgeten, um den casum zu untersuchen. Die Nacht war ungemein windstill, kühl, und, zumal über Brands-haide voll einiger Nebel, so aber die Sicht nicht sonderlich störeten : so observiereten wir in Richtung Krumau viele schweifende Lichter im Forst, deren Anzahl wir auf circa Fünf-Hundert ästimieren mußten; doch konnte selbst der v. Bock, so sich mit einem guten Dollond versehen hatte, nichts Näheres eruieren. Diese Lufterscheinung dauerte geraume Weile an, doch concentrierte sich immer mehr in einen dunstigen Fleck von hochbedenklichem diameter. Nachdem wir denselben eine Zeitlang consideriret, verließen wir das Gotteshaus wiederum, und persuadirete ich Jene in einer kleinen Ansprachen, daß wir eine bloße, wenn auch gar rare Naturerscheinung gesehen, so ohne Zweifel dem bekannten ignis fatuus oder Irr-Lichtern gleichzusetzen; wiewohl nicht geleugnet werden könne, daß der Fürst der Finsternis auch Gewalt über die Rüstkammern der Luft habe, und selbst soviel Antheil an der Chymie nehme, daß er sogar aurum fulminans bereite, wie einer der instruirtesten Gelehrten neuerer Zeit behauptet, und daß folglich die wirksamste Waffe ...«, und dann hatte er das Gebet »recommendieret«. Wir lasens noch mal und freuten uns der Erzählung. »Was sind Dusacken?« fragte Lore : »sone Art Hellebarden?? – Oder – ?«. »Halbe Stangen!« sagte ich wichtig; sie zuckte die Achseln : »Wird nicht klarer dadurch : sags nur immer frei heraus!«. Auch diese Wendung war von mir, und ich hielt einen winzigen Vortrag über die alte Kunst des Klopffechtens, oder die Technik, einen Knüttel zu handhaben : das will nämlich auch gelernt sein; der Könner legt Einen um, wie ein Meister im Säbelfechten einen Anfänger; das waren also die Dusacken. – Sie machten Glanzaugen und leckten sich die Lippen : Gott, sind die Wissenschaften aufregend! –

Hier : Grete hatte wieder was : ein Knecht, der einem Zweig am Straßenrande spöttisch die Hand reicht, und von dem daumesdicken festgehalten wird; schon schwenken drohend stattlichere Äste herüber : da haut er sich in panischer Verzweiflung mit dem Messer die Hand ab und flieht blutend ins Dorf. – Am 29.10.1729. – »Direkt unheimlich –« sagte Lore keß und sah sich drahtig um : ich nickte abwesend.

»Was ist eine Pochette –« fragte Grete verlegen, als könne es sich um was Ungutes handeln; ich sah hoch, und sie las den Passus : ein benachbarter Graf hatte Geburtstag gehabt; große Feier, Tanz und Musik : »Ach so!« sagte ich, und zeichnete ihnen die winzigen Tanzmeistergeiglein auf : »so ungefähr. ... So : –«. Nochmal : »La poche : die Tasche; Taschengeigen; also die kleinsten Violenformen.« Und da sie mich so unglücklich betrachteten, gingen wir schnell die ganze Familie durch : Gamben; Viola d'amore, ihre Kraft und Eigenschaft, aber rasch, denn es wollte Nacht werden, und Schrader war unerbittlich : der Fels, auf dem man Kirchen baut.

Ich hob die plumpe Hand : sie schwiegen im gelbschwarzen Licht, und ich las das Atemlose :

»Heute, am Tage invocavit, hat sich folgendes ereugnet : eine Schaar von funfzehn geputzten Knechten und Mägdgen, so das Wort Gottes zu hören gewillt waren, observireten unterwegens am Straßenrande ein hell gekleidetes Wesen, von bleichem süßem Gesicht und schlanken proportiones, so ihnen aber nicht auf Anrufen geantwortet, sondern nur aus denen kalten klugen Augen auf die Bauren hingestaunet, und, da es mit Gewalt in den Kreis gezogen worden, gar wunderlich abwehrende gesti ausgeführet, auch sich stets ängstlich in den Schatten derer verrufenen Wälder gehalten habe, so Brands-Haide gehei-

ßen. Auf wiederholtes christliches Bedenken, sich doch dem Gang zum Tische des Herren anzuschließen, habe obbesagte Creatur nur mit einem gar klingenden Lachen geantwortet, auch nach Kräften gesuchet, aus dem Kreise zu entkommen, so aber zween derbe Bedienstete allweil verhindert; da es nunmehr böse geworden, in unterschiedlichen Gebärden gedreuet, und endlich eine enorme rotbehaarte Zungen aus denen angenehmen Zügen herausgebläket, dergestalt, daß sämtliche Anwesenden zurückgefahren, worauf besagtes Wesen noch einmal spitzfündig im Kreise gelächelt, sodann aber in seyn Bereich zurück gesprungen sey unter vielmaligem Ausrufen des Wortes cannae, wobei es zwischendurch, nach des anwesenden Verwalters Bericht, den Namen Caroli Magni (?) zwiefach habe hören lassen. Item ein junger Knecht, so ohnedies wegen frühklugen und ausschweifenden Gehabens bekannt, hat es unternommen, Jener in den Wald nachzusetzen, und ist bis dato keine Spur mehr von ihm zu bemerken gewesen ...« Ich starrte Lore an : das bleiche wilde Gesicht : ich flüsterte : »Zeig Deine Zunge; – ja?« und sie kam hervor als ein Rosenblatt, spitz und von hochbedenklicher Beweglichkeit.
Ich sah die Beiden an; ich sagte : »Also *deswegen* versicherte der Alte, daß Keiner dort hinein käme!« Und Grete, unwillkürlich gähnend, versprach, sich bei ihren Kolleginnen darüber zu erkundigen. Gähnte wieder : das arme Ding mußte ganz früh auf Arbeit! Ich erhob mich steif und raffte die Bücher zusammen : »Ich erledige den Rest drüben : gehen Sie schlafen! – Und schönen Dank! –« Lächelte. (Denn sie warteten auf unsern neuen Abendgruß); ich hob die Seele : »Mögen alle Wesen von Schmerzen frei sein!«; und sie antworteten still und überzeugt : »Mögen alle Wesen von Schmerzen frei sein ...«

Zahnpulver : garantiert unschädlich : so die Aufschrift! (Witzig war unsre 46er Welt, was : nicht etwa wohlschmeckend, oder hochreinigend, oder mit Radium G – nee, nee : man bloß unschädlich!). Und ich feixte, daß mir die Backen wehtaten : n

Suppenteller kriegte man nicht zu kaufen, aber wenn man die Totenmaske der inconnue de la Seine, 38 Mark 50, umdrehte, konnte man sie als solchen verwenden. »Und siehe : es war Alles gut!« (Ach, weg mit dem Mist!).

Nacht (wenn man bloß was zu trinken hätte). Ich saß bei mir drüben im grellen Licht der hunderter Birne, über den alten Zeichen : ob meine Schrift 200 Jahre dauert? Lore war bei mir, ob sie gleich schlief : die Nymphe cannae! Cannae; cannae : Halt hier : Kinder, die mutwillig Steine und Unrat in den Wald werfen, werden geschreckt : durch Laute, durch Bewegtes (vast forms, that move phantastically; großer Bruder Poe). Mit dem Bächlein treiben Rätseldinge aus dem Walde, wie Spielzeug; grüne hölzerne Pfeiflein von hohen Tönen; geflügelte Pferdchen mit gestickten samtnen Schabracken; der Bäcker in Krumau, der Stadt, hat den Auftrag bekommen, Kuchen zu bereiten, und um Mitternacht am Waldrand abzuliefern, wo ihn ein alter Herr mit spitzem feuerrotem Hut bezahlet und sogleich vermummter Dienerschaft gewinkt habe : schön! Prokopius von Cäsarea fiel mir ein : Bell. Goth. IV, 20, und Konrad Mannert : ich danke dir, ich verdanke dir viele Kenntnisse : warum haben die Wilhelmsaffen Denkmäler und nicht Konrad Mannert?!

Ein Pfeil (haben Sie schon mal Bücher gestohlen?) : ich möchte ein Pfeil sein, im Fliegen, ins Irgendwohin, Littrow, die Wunder des Himmels. (Nämlich draußen).

Ich stand im Dunkeln wie ein einfältiger Pfahl; aus Brand's Haide kam Wind formlos und unerläßlich, zog ewig über mich Pfahl, ins Dunkel gepflanzt. Aus meiner Stube eintönte das Kunstlicht : also : hinein!

Die Blanken : Wieder kleine bunte Kinder am Wegrande, die schelmisch mitfahren wollen : also berichtet Bauer Nieber am 24.6.1727 : und wie die lachten! Daß dem Klütenpedder unheimlich wurde, er in die wehrlosen Gäule drosch, und nach Westensen (siehe map) gallopierte. – Oh, auch ein Bericht vom Innern : die Feierlichkeit der säuligen Wälder, nebeldurchhangen (Flüchtlinge müßten, fluchend auf die Ortsansässigen, Beck, Felsch, in die Bäume gehen!).

Die Eingangswege verlegten sich ständig : ich überdachte, gerunzelt, geodätisch-kalt : gut, ich würde die Distanzen abschreiten, und das ganze Gebiet aufnehmen; einen Diopter herstellen. – Wind schlug ans Fenster und sprach ein : gut : also keinen Diopter! – Und weiter lesen (Denn Schrader will morgen die Bücher zurück! Unerbittlich wie die Inquisition : lesen Sie Maximilian Klinger : Geschichte Raphaels de Aquillas : das ist ein Buch! Nicht wie Sartres Gelumpe!)

Der Gärtner Auen : ich sprang von meinem härtegefolterten Gesäß hoch, vom Schemel : ich hob die zerkratzte Linse aus der Brusttasche : wenn das wahr ist, dann stimmt meine Jugend bis jetzt! – Ich ging in den Vorraum und trank zwei Züge unterm Hahngetropf : schliefen wohl drüben : Lore!

Draußen : Löwen und Drachen am Himmel.

Ich folgte meinem Finger, der hölzern die Zeilen strich : In Lauferschurz und Blumenhut : so war er am 24. November 1720 aus dem Walde geflohen, als wenn der Wind ihn triebe. Hatte sich zur Pfarre geflüchtet, ein Auge blutunterlaufen. Nach vielfachen Beschwörungen und Vorsichtsmaßnahmen, auch Berichten ans Konsistorium, hatte Overbeck wenig Zusammenhängendes herausbekommen : aber es reichte nicht hin, viel weniger her, da er (wie alle Theologen) nicht genug wußte. Bloß gut, daß ers notiert hatte : von der Nuß der Prinzessin Babiole war viel erzählt worden, das hatte O. besonders mit Fragezeichen versehen, …

Es ist aber dies : Etwa um … zehnhundert hatte die Prinzessin Babiole, auf der Flucht vor dem Könige Magot und einer ihren Neigungen so wenig angemessenen Heirat, die geschenkte Haselnuß geknackt : »Es purzelte eine Menge von kleinen Baumeistern, Zimmerleuten, Maurern, Tischlern, Tapezierern, Malern, Bildhauern, *Gärtnern* (jawohl : Gärtnern, Herr Overbeck! Das ists!) usw. heraus, welche ihr in wenig Augenblicken einen prächtigen Palast mit den schönsten Gärten (sic!) von der Welt aufbaueten. Allenthalben schimmerte Gold und Azur. Man trug eine herrliche Mahlzeit auf; 60 Prinzessinnen, schöner geputzt als Königinnen, von ihren Cavalieren geführt und mit einem Gefolge von ihren Edelknaben, empfingen die schöne Babiole mit großen Complimenten und führten sie in den Speisesaal. Nach der Tafel brachten ihr ihre Schatzmeister 15 000 Kisten voll Gold und Diamanten, wovon sie die Werkleute und Künstler, die ihr einen so schönen Palast gebauet hatten, bezahlte, unter der Bedingung, daß sie ihr geschwind eine Stadt bauen und sich darin häuslich niederlassen sollten. Dies geschah auch alsofort, und die Stadt wurde in Drei Viertelstunden fertig, ungeachtet sie fünfmal größer als Rom war ...« (Das ist natürlich übertrieben!)

Ich stemmte die Hände auf den Tisch (den hatte Grete besorgt : Gutte Grete!) : ein Ausgestoßener aus Brands-Haide also war der Auen gewesen, ein Pflanzengeist, ein Elfenkind : deshalb hatte er immer seinen Geburtstag geschickt verschwiegen! (Er stammte ja auch aus der Nuß : wie lange war er darinnen gewesen : wie kam er hinein?! – Denn daran zu zweifeln fiel mir ebenso wenig ein, als sei ich Don Sylvio! : Bitte : es war ja Alles urkundlich belegt : ich besaß selber 5 Dutzend unter Cellophan!)

Ein Elfenkind : ach, wär ich doch eins, und nicht Rumpffsweg 27, II. geboren, von konkreten Eltern (heißt »concrete« nicht Zement?) –

Ich blätterte lange aber unaufmerksamer : was sollte nun noch kommen; auch glitt Schlaf im Raume um : »Elfenbein« war eigentlich ein scheußliches Wort; »Bein«; erinnerte so an beinern, knöchern, kimmerisches Geratter, ich knappte mit dem beinernen Gebiß.

Heerdrauch : war viel Heerdrauch gewesen damals, ich sah schläfrig ins Jahr. Das war ein Wort meiner Kindheit; schweigend waren von Norden, Nordwesten, Nordosten her die grauen oktobernen Weben über mich Knaben gekommen; ich wußte, wie man auf leeren Kartoffelfeldern, bruchäckernen, steht und friert : stets erwartete ich solche Phänomene vom Leben, und nickte nur, wenn sie aus den alten Büchern herzogen. Ich schritt zum Lager, zerwarf die rauhen Decken, kyss meg i reva. –

Sie kam aus der Tür und sagte wie überrascht : »Guten Morgen –«; »Und das ist Alles?!« erwiderte ich kummervoll, so daß sie behend für eine Minute hereinschlüpfte.

Schrader : wie so viele Leute hatte er die Marotte, daß seine Post besonders eilig sei (dabei lief Alles, mit Bruckers geistreicher Sprechweise, auf einen bloßen enthusiasmum hinaus!); denn er ließ bei jedem Dreck ein armes Luder von Konfirmanden auf seinem uralten Damenrade nach Krumau klattern : – Ich ging hinüber : er war nicht da (Schön, kriegt er seine Akten also erst morgen wieder!)

»Wie gehts Ihnen denn?« mit mütterlichem Stimmklang (dabei horchte sie immer mit einem Ohr nach dem brodelnden Mokkatopf); nun, ich kann auch stur sein : »Gut!« beteuerte ich der Lumpin, und schmeichelte höhnisch : »Der Herr Sohn wohlauf?!« : und sah ihn dabei in der Küche beim Radio frühstücken : glückliches Vieh! Das konnte sich mühelos der Tränen enthalten, wenn es die Musik des Ritters Gluck hörte : was gab es für Götter (und ich Affe!). Sie glaubte, ich atme so nach einer ihrer Bliemchentassen, und offerierte säuerlich : da hob ich aber doch die Sohlen!! –

Auch drüben : Lore besah mich Wolkigen, rätselte an meinem Gesicht; endlich fragte sie behutsam und teilnahmsvoll : »Nimmt Dich Musik so mit?« Ich bat flehentlich : »DU : –« brach ab; : »ja« sagte ich bitter : »Kunst überhaupt! – Weißt Du, für mich ist das keine Verzierung des Lebens, son Feierabendschnörkel, den man wohlwollend begrüßt, wenn man von der soliden Tagesarbeit ausruht; ich bin da invertiert : für mich ist das Atemluft, das einzig Nötige, und alles Andere Klo und Notdurft. Als junger Mensch : 16 war ich, bin ich aus Euerm Verein ausgetreten. Was Euch langweilig ist : Schopenhauer, Wieland, das Campanerthal, Orpheus : ist mir selbstverständliches Glück; was Euch rasend interessiert : Swing, Film, Hemingway, Politik : stinkt mich an. – Du kannst Dirs gar nicht vorstellen; aber Du siehst ja, daß ich nicht etwa »blutleerer« oder papierener bin, als Ihr : ich reg mich genau so auf und begeistere mich, und kenne Ungeheuer, und hasse.« Pause : anderes Thema : »... und liebe ...!« schloß ich galant. »Du lügst!« sagte sie entrüstet : »entweder liebst Du Wieland oder mich ...«; ich bewies ihr manuell, daß man Beides vereinen könne, bis sies erschöpft glaubte : »... und das will ein Intellektueller sein ...!« sagte sie boshaft : »außerdem darfst Du Dich rasieren.« – »Das ist der Dank!!«

Post : Lore hielts mir hin : tolle, lege, und ich »erbrach« den braunen Brief : alles Mist! – Dann kam Grete und wir konnten essen; aus Krumau hatte sie Pferdegehacktes mitgebracht : davon kriegte man das Doppelte auf die Marken. Kunstvolle Zubereitung; noch schärfer würzen (»Das ist die letzte Zwiebel, Mann!«) : da saßen sie und kosteten mißtrauisch; aber allmählich heiterten sich die Argwöhnischen auf, die Knusprigen knackten, und ich sah mich herausfordernd um : »– ? –«. »Hätt ich nich gedacht!« sagte Lore stramm, und auch die Kleine nickte : »Das machen wir öfter – ach, man müßte mal – –«; um sie auf nutzvollere Gedankengänge zu bringen, fragte ich (was ich schon längst hatte tun wollen) nach einer Schreibmaschine. »Hast Du was fertig?!« und sie war neugierig, aber ich winkte ab : erst die Maschine : dann sollt Ihrs als die Ersten lesen! – Tja, die Maschine! Coldingen, Westensen, Rodegrund. Krumau : »Höchstens im Werk, und die sind so ...« »Hier ist nur aufm Gemeindeamt eine«; und dem stand theoretisch Apel vor, Apel, der große Kuhfürst : »Na, der müßte doch ...!« (Ich werds mal versuchen).

Gegen Abend : »Komms mit tanzen, Lore!« (Bauer, wie lackiert; auch Grete fädelte unauffällig eine Nadel ein); sie antwortete klar aus dem billigen Holzseßlein : »Nö – Wir gehn nachher spazieren.« und sah mich gedankenvoll an; er hob ehrerbietig die »feingezeichneten« Brauen (was zur Glatze besonders aussah) und verneigte sich verwirrt viele Male : ja, hau schon ab!

Fußball : »Alte Herren« spielten ihn. Ein kleiner Igel ritt auf einem Rade vorbei und rief den local boys verächtlich anfeuernd zu : »Haut druff! Tormann iss Krampe!« Und das galt dem hageren 45jährigen Krumauer Veteranen. – Wir feixten und gingen unter dem lachsfarbenen, dem seidengelben, kaltgrünen, friereblauen Himmel entlang, bis die glatten Straßen öde wurden, und hallten. Und hatten viel erzählt : wie wir klein waren; daß ein Mä 10 für mich gut wäre (und wenns ein Mä 5 wäre); daß wir im Winter Schlafkünstler sein wollten : nur alle 4 Wochen einmal führe ein unwirsches Gesichtchen aus dem Fenster; ein bißchen in Brands-Haide gesetzt : »Davon schreibst Du eine Geschichte : aber süß! Keine aus der rabiaten Kiste!« (Denn sie hatte den Leviathan gelesen). Also eine Süße; und ich war gutmütig und versprachs.

»Findest Du das schönste Lied der Welt / : Bring es mit! : Bring es mit!« : ein summendes Mädchen an der Hand. – –

Sonntag früh : »Ich hab die gefährlichste Konkurrentin bekommen, die es gibt« sagte sie : »– : eine von ihm idealisierte Lore, mit viel wildem Geist. Fleisch auch, ja.« – »Das machen wohl nur seltene Männer« murmelte Grete verschämt : »wollen sie meistens nicht nur das Letztere..?« Seufzte. – Ich suchte mir ihre Hand aus den Schalen (der seltenen Bohnen und Mohrrüben) heraus, und küßte ihr das Gelenk. – Graugeflickter Himmel. – »Du mußt noch zu Schrader!«; »Geh mir bloß aus den Ohren!« sagte ich betroffen : das hätte ich fast vergessen!

Unwillkürlich sah ich Apels verdrossenen Braunen an : *einmal* satt essen!! : Rührkartoffeln, Knorrs Soßenwürfel, ne saure Gurke, und dazu gebraten : Pferdegehacktes satt (d.h. mindestens ein Pfund! – Ach was : Zwei!) Ich schluckte : na, das erlebe ich nicht mehr! Tiefe Schwermut ergriff mich, und ich ging ins

Haus : sofort rochs nach Herrnhuter Losung! Ein Harmonium dehnte einen Choral (Christenschlager : irgend einer ihrer musical hits : einem Gott wurde Schlimmes nachgesagt : daß er nämlich die Welt geschaffen hätte. Und wir ergo aufdanken müßten; – oder niederbeten, was weeß ich!) No, ich schlug mein Gesicht in militärene Falten, und stellte mich stumpf an den Strom der Zeit : gelernt ist gelernt; von mir aus kanns jüngste Gericht mitsamt dem jüngsten Gerichtsvollzieher kommen : bei mir ist nichts zu holen!

»Wollen Sie nicht hereinkommen?!« Wir lächelten gar kunstvoll, oh so kunstvoll. Hm, Hm. – Ein Schachbrett aus Feuersteinen, geschliffenen : das war allerdings schön! : »Sehr schön, Herr Schrader!« –

Den alten Kügelgen rühmen : seine Freude war direkt rührend, daß wir mal harmonierten.

Die Kirchenbücher retour : er lächelte sauer : »Jaja – : das glauben meine lieben Pfarrkinder heute noch s-teif und fest. – Erst neulich hat Einer gesehen – ach, mein bester Kirchgänger sonst! – wie sein abgestelltes Fahrrad allein ein Stück die Schneise hinauffuhr und wieder zurück kam ....« (Ich nickte anerkennend : das hätt ich mal sehen wollen!) Dennoch gelang es ihm (wie auch mir immer) nicht, mich davon zu überzeugen, daß ich unsterblich sei.

Valentinianer : oh, ich konnte ihm mit unangenehmen Einzelheiten aufwarten : Emanationssysteme (wozu hab ich schließlich den Brucker, der als Erster die Zusammenhänge erkannte, »wacker« nannte ihn selbst der geizige Schopenhauer, besessen?!) – »Wollen Sie nicht mal das Wort Gottes lesen?« – »Haben Sie das?!« fragte ich so neugierig und kunstreich eifrig, daß er sich zu einem verkniffenen Lächeln entschloß : er hatte meinen Typus erkannt : »Nun ja« sagte er ablenkend : »Sie sind ja noch jung : es führen viele – und wunderliche – Wege zu Gott ..« Und wir quatschten : es fehlten nur noch ein SS-Mann und ne Stigmatisierte; ne Hure, ne Kreuzotter und n Rechtsanwalt : dann war die Gesellschaft komplett (9, 22 : oh ihr Zeiger, unermüdliche Diener : wenn ich bloß ne Uhr hätte!) Luther : »der Narr will die ganze Kunst Sodomiä verkehren ..« Selbst Schrader lachte dumpf. – Eine Frau befreite mich : sie weinte geübt, ich möchte sagen : fließend (wenn der Pleonasmus nicht zu doll wäre). Na, man hat ja auch genügend Gelegenheit im Leben, s Heulen zu lernen. – Exit (Immer bei Shakespeare : enter three murderers ..) Also : Exit.

Freiheit und Frechheit : ein Buchstabe Unterschied. – Wieder graugeflickt : der Himmel.

»Es gibt hartgummine Seelen, die sich bei Betrachtung einer Hyperbel der Tränen enthalten können ...« Selbst Grete stutzte : »Sie können auch Unendlichkeit sagen« erläuterte ich finster : Oh, Christian von Massenbach! (Weils nämlich keine Unendlichkeit gibt : wohler wäre Uns dann ...)

Bauer hatte Ferien : Gott sei mir armem Sünder gnädig!!

adversus mathematicos : (obwohl ich selbst einer bin!); ich hatte gesagt : in 900 von 1000 Fällen ... »Also 9 : 10« vereinfachte ers : ich hieb die Augen auf den Klotz : »900 von 1000 ist *nicht* dasselbe!!« sagte ich scharf. »Und wieso?« fragte er, nasenhaft lächelnd. »Na, da denken Sie mal drüber nach –« erwiderte ich klobig : »schlimm genug, wenn Sie Ihren Kindern so was beibringen. – Und 9000 von 10 000 ist noch besser.« (So konnte nur Einer kucken, der als den wichtigsten Faktor im Leben noch nicht das Glück erkannt hat!) : »Wenn jeden Tag ein Schuß auf Sie abgefeuert würde, wären Sie bei 9 : 10 garantiert am 10. Tage in den ewigen Jagdgründen : aber bei 1000 Fällen könnten Sie möglicherweise 2 ½ Jahre alt werden : das setzt nämlich voraus, daß 1000 Fälle da sind!« »Ähä« machte er betroffen : »das Kürzen ist also eine reine Fiktion ...« »Nu, nich direkt ne Fiktion –« sagte ich wohlwollend : »man muß bloß wissen ....«; er hatte Offenbarungen erwartet und saß mit gespannten Augen, wagte aber andererseits auch nicht, mich kunstvoll Träumerischen anzutreiben : so wurde eben aus der Offenbarung nichts : bäh!

This may last long : er kam ins »bedeutend Allgemeine« (wie Goethe's formulieren wollte : der hätte in seinem Alter auch allmählich wissen können, daß nur das bedeutend Einzelne bedeutend ist!) – und ich begann unauffällig den Rand meines Schmökers zu guillochieren : man fühlte mit den Spiralen die Zeit sich fortringeln (konnte dabei auch unwillkürlich an Wertpapiere und andere angenehme Dinge denken : ne alte Schreibmaschine asdf jklö; auch verdammt mulmig wurde der Himmel, und die Bremsen riskierten Anflug auf Anflug : Gewitter kam).

»Nanu?!« rief ich! »Ich will Ihnen was sagen, Herr Bauer : hoffentlich bleibt die Besatzung 50 Jahre! – Erzählen Sie mir doch nicht, daß Hitlers stets 98%ige Wahlerfolge gefälscht gewesen wären : das hatte er gar nicht nötig! Wie sie doch alle Gefallen an Achselstücken und fein ersonnenen Dienstgraden fanden, am dröhnenden Marschtritt und zackigem Gehorchen. (Führer befiehl : wir folgen! : Gibt es etwas widerlicheres als diese Bitte um einen Befehl?! Pfui Deubel, Deutsche : Nee!! –). Und jeder HJ-Anwärter, jeder SA-Schwengel oder OA (er zuckte!) hielt sich doch für durchaus führerverdächtig! –«

»Hätten ja nichts Anderes gehört, die Armen?!« : »Erstens : doch!!« – Und dann : »Predigen Sie ihnen doch einmal das Ideal des stillen Menschen, des arbeitsamen Gelehrten! Daß es ihnen voll genug sein soll, wenn sie die großen Werte deutscher Kultur erhalten können und weitergeben : die werden Ihnen was erzählen!« (Nietzsche hats genau gewußt : *und* gebilligt und mitempfunden! So gehört er zum rohesten Pöbel! : wie sagt er geschliffen : frage einen derben kleinen Igel auf der Straße, ob er etwa besser oder klüger werden wolle, und er wird ironisch lächeln; aber raune verheißend : willst Du mehr Macht?!!! : hei, wie da die Äuglein leuchten!!)

»Leider, Herr Bauer! : auch für die (die Alliierten) sind wir nur Objekt; wenn sie uns in 5 oder 10 Jahren gegen Rußland brauchen wollen, ziehen sie uns doch wieder Uniformen an, setzen uns

die jetzt ausrangierten Berufstotschläger vor die Nase, und : auf gehts! »Üb immer Treu und Redlichkeit ...!« –

»Ja : es ist wahr –« zischte ich, »daß der große Friedrich auch Nachts einen Filzhut aufgehabt hat!!«; er ging sofort, denn er hatte gefragt, ob »Lore« schon wach sei. –

Der Tag ballte sich oben zusammen; Eisernes rumpte : hellgraue Lappen hingen fliegend vorweg; Böen fielen mit heulendem Laubhaar (die Blutbuche drüben in Schraders Garten sah finster aus wie gekochter Rotkohl – ein homerisch Bild).

Die Büsche bewegten sich geduckt am Boden, schlugen geschmeidig mit den Ästen auf; sprangen gierig hoch und nieder; ich ging gebogen ums Haus auf den Wäscheplan : da spielten sie unten Fußball im nackten rosigblauen Blitzgezucke : pikant, eh?! Dann dröhnte der Regen auf den schwarzhallenden Grus (und die Ferne verschwand) : bis zum Gürtel sprangen mir die abprallenden Tropfen!

Wäscheplan (wir Drei, denn es war vorübergezogen) : die Nähe lag in klaren Gewitterfarben : seltsam verstelltes bewegtes Hellgrün, tropfenflink : und unten spielten sie wieder Fußball; hübsch leuchteten die bunten Jerseys : rosa und weiß; und kobaltblau und gelb. (Vielleicht hat Fußball doch einen Sinn : als Belebung der Landschaft? – Aber die Städte liegen in Trümmern!!) – »Abends tanzen und saufen sie dann bei Willi Kopp : ist ein Geschenk der Götter, sone Psyche!« – »Sollen sie denn immer grämeln und lamentieren?!« fragte sie spöttisch aufsässig :

»Nein!« – »Aber sie sollten ernster sein!«

Drinnen : der Wettermacher spielte Islandtief und Azorenhoch geschickt gegeneinander; »westverlagernd«; »auf Ost drehende Winde ..« – : »Quatsch Dich bloß aus ..!« sagte Lore drohend; schließlich kam es heraus, daß für die nächsten beiden Tage schönes Wetter zu vermuten sei; »gewittrige Schauer« allerdings : »bim ..« kam das hamburger Zeitzeichen.

»Ich stell den Wecker« bestimmte sie : »um 2 stehn wir auf und

gehn sofort los, da sind wir um 5 schon wieder zurück, und kein Mensch sieht was.« »Hast Du den Sack – ?« : es war ein doller Fetzen, geflickt, ohne festen Saum : großer Fuchs! »Nehmt den guten Bindfaden!« »So, und jetzt raus : schlafen!«

»Das Messer –« hörte ich Grete noch drinnen nervös sagen : »hast Du das kleine Messer zum Abschneiden ..?« »Wenn Euch bloß nichts passiert!!«

Fest schlafen ist schwer, wenn man soviel erlebt hat, Sorgen hat, kein Fußballer ist : wenn meine Schwester nicht wäre .... : und dann dachte ich viel an unsere gemeinsame Kindheit : gesegnet sei Sie : gesegnet sei Mrs. Kiesler : gesegnet sei Sie! – Gute Taten heute : einem Fremden den Weg richtig gezeigt – (ich habe eigentlich nie öfter gelogen, oder mein Wort gebrochen, als unbedingt nötig war; selten aus Lust am Betrug. : wenn das Einer von sich sagen kann, so ist das, zumal im Hinblick auf den sonstigen Zustand dieser meilleurs des mondes völlig genügend : mach mir auch gar keine Skrupel weiter!) Schlafen soll ich auch noch!!

»Kruzi .... : ach so. – Ja : sofort, Lore!«

Voilà : ein ungekämmter Morgenmensch der gähnt : das Meisterstück des Demiurgen angeblich – na, ich bins nicht!

»Hast Du Alles?! –« »Ja« aus geküßtem Flüstermund : wir zehenspitzten aus dem winzigen Flur.

Am Silberkraal des Mondes kauerte ein löwengelbes Gestern, buschmännig, im Gehöft. Unsere erbärmlichen Flüchtlingskleider flogen, göttlich gefaltet vom Wind; den schwarzen Kirchsteig hinab, alle Christen lagen betäubt in ihren verhangenen Kammern : Freiheit, Freiheit : wir sprangen händegekettet auf der Straße nach Blakenhof. – »Lore –« : sie legte sofort die Unterarme auf meine Schultern, oh Nymphe Cannae, wir stammelten und sahen uns tiefer in die reinen Gesichter, tief in der Nacht. Wir Augengelichter.

»Kinder –, oh Lore : leben in ¾ Sklaverei. Eltern haben kein Recht : die wollten nur den Koitus, und wir waren das Allerunwill-

kommenste, mit Flüchen begleitet ..«; es schüttelte mich vor Wut, und meine Lore : meine : Lore antwortete zwischen den Zähnen : »Du! : denkst Du, ich wäre keine mißlungene Abtreibung?! – Lieber hätten meine Eltern einen Wolf im Zimmer gesehen, als mich Lore!!« Du meine Wölfin! Unsere Zähne stießen aneinander, reinliche Elfenbeintäfelchen, ihr Haar strömte in meinen Händen, und Geräusch trat aus dem Walde zur Rechten : Du mein Geräusch! – Wir sprangen und glitten auf dem Apfelbaumweg.

»St!« – »Leiser ...« – »Iss nich bald voll? –« – »Ich liebe Dich : Du!« – »Du!« – – »Genug, was : ?« – Ich griff nach noch ein paar Rotbackigen, Druwäppel wie Mining und Lining : »Mein lieber Freund, das ist : – Mensch : ich krieg den nicht hoch!! –« Ich kriegte ihn hoch, meine Knochen hätten einen Berg gehoben (bildete ich) : so flog der Zentner : ».. und ab jetzt! ...« Unter Kichern in den Stolperwald.

Der weißlebrigte Galsworthy! : »The Patrician« : nee sowas von selbstgemachten Problemen (als wenn die englische society eins wäre! – Und wir standen wacholdergleich in Brandshaide!! – Ph!) – »Typhusimpfungen nächsten Monat : dreimal!« – »Wir gehen zusammen, Lore : zusammen« sie legte sofort die Unterarme um meinen armen Hals, und unsre Augen brannten ineinander, blau in grau : warum war kein Wind, der unser Haar mischte?

Frigidität der Frauen : »Lore : jeder-Mann kommt mit einer Frau aus : es muß allerdings die Richtige sein. – (Und sie muß wissen, daß sie nicht bei jedem Mal ein Kind angehängt bekommt : Lore, meine Lore!)« – Die Pilze quollen feuerrot aus dem moosigen Grunde : wir schnitten sie mit feinen Messerchen aus, kaum sah man sie im Dunkel.

Der Wald : »Kennst Du – Lore : wo bist Du?! : ach da : – kennst Du Hiller's ›Jagd‹? – Oh, dann weißt Du vom Freischütz nichts!« Hiller, Johann Adam, †1804 : – »Mensch, Dein Gedächtnis möcht ich haben!« – »Ist nichts, Lore, ist nichts : ich bin gestraft damit : denk an die Träume!« (Habe ihr erzählt, daß ich jeden Traum der Nacht weiß, Alles, zwei 40stellige Zahlen im Kopf miteinander multiplizieren kann : das ist ein Fluch; ich bin ein Verfluchter : Olé!)

Wie schön leuchtet der Morgenstern (das hielt Schrader für einen alten deutschen bzw. lateinischen Choral! – Und ich bleibe dabei : die Menschen wissen nichts, weil sie nicht 40 Jahre lernen anstatt zu quatschen). Die Bäume schatteten starr; Lore im Tiefschatten : »Bist Du noch da?« – »Ja : Liebster!« – Du tiefe Stimme : »Ho ohn, ho ehn, hos erchetai / Theos hehmohn eulogetai / nai amehn hallehluja! / Theos monos tris hagistos / patehr ho epuranios / ho hyios kai to pneuma ..« (klang gut, griechisch, obwohl der Inhalt wahrscheinlich Mist war, please turn over!)

Mond (noch über der Pilzstelle) ein feines Zeichen im frühesten Morgenhimmel (wie eine Kerze in Wasser : – schön aber sinnlos, das Bild. Dennoch : wie eine Kerze in Wasser!) Und der Sack war schwer, daß ich stöhnte (aber verhalten) und der Schweiß mir übers rotfleckige Gesicht lief. : »Hätten wir bloß nicht soviel genommen!« (besorgt). Ich lächelte sie an : da ging eine Nymphe umschallt vom Wind.

»Es gibt Menschen – moralische Abnormitäten, und ihre Anzahl ist größer, als man annimmt – die man nur beschreiben, nicht mehr verstehen kann : so sah ich einmal Einen, der las bei seinem Wiener Schnitzel und mashed potatoes, mit Einlaufsuppe vor- und Flammeri hinterher, eine ganze Stunde lang in Dostojewskis Totenhaus, und nachdenklich : – freilich war es ein leitender Angestellter der Textilbranche ...«

Vom Chorizonten mischte sich klarstes Gelb ein (ich wollte, ich röche nach Heu, und nicht nach Mensch, Bock. –) Sie erstarrte im Blaubeerkraut : ich im Getänn : da kam schon Einer durch den Forst – »Sssssssst –« (scharf) : da kam Einer – –

Ach : der Alte : Ich hob die Schulter, spannte die 115 Brustumfang, schwenkte das Erkennungszeichen : den geschenkten Eichenstock – : »Och – Sie sind es –« sagte er jovial, und Lore hob sich verführerisch aus den blauen Beeren; er lächelte und nickte : »Na dann – – ach : Herr Gaza –« stellte er den dünnen Grauen an seiner Seite vor : wir drückten feuchte Hände und lächelten verworren und mißtrauisch. »Beeren und Pilze – ?« fragte er autoritativ – : »na schön : aber immer vorsichtig schneiden, und nichts zertreten : nich?!« Ein paar Regentropfen fielen um uns Morgenliche; er musterte mit den großen reifigen Augen mich und die Lore, meine Lore, mich und mich; er sagte recht leise : er schüttelte dabei den mächtigen Kopf : es gefiel ihm nicht : »Oktober : Oktober ...« er hob die spitze Hand; ich drückte die Hand.

Ich möchte wie der Himmel sein : early in the morning (aber wirklich early; also nicht erst um 5, wenn die Bauern aufstehen!) – Ich keuchte und mußte sechsmal absetzen; trotz gebissenster Zähne und Lores Gegenwart : und eisige rosige Luft : ich bin fertig!!

Seladonene Hausfronten, schwärzlichgeäugte (und der soll gegen mich aufstehen, der die Astrée gelesen und genossen hat : war auch mal ein best-seller!)

Sang mit näselnder Stimme Marienlieder (ist keine Bosheit von mir : es klang wirklich abscheulich : ein Flüchtling in Blakenhof). Und da wir schon bei ollen Kamellen sind : Perserkriege in moderner Aufmachung, journalistischer :

»Wir stehen hier unten am Hellespont : seit heute früh, 4 Uhr, marschiert das Heer des großen Königs über die Schiffsbrücke, deren Erbauer hier neben uns steht : »Darf ich fragen, Herr Megasthenes, wie lange die Arbeit eigentlich gedauert hat ...?« (Und Gott strafe die Journalisten, ich bleibe dabei : wenn wir Menschen uns betrüben : schon wieder ein Krieg, wieder Verstümmelte und Flüchtlinge! Da krähen und lüsteln die : »Schüsse am 38. Breitengrad!«; allein für die Formulierung gebührt ihnen Entmannung! – Pfui Deubel!)

Im Schuppen : 1 Zentner geklaute Äpfel (und mir wackelten die

Wanten. Aber lütt Grete lachte : gutte Grete –), und schob uns ins Bett.

Hastiger Schlaf : vielspältiger; einmal fuhr ich in einem Zuge mit ihr zwischen Görlitz und Dresden; bei einer verlorenen Station sprangen wir auf den fäustigen Kies des Bahndammes, und huschten drüben in die glänzenden langnadligen Wälder; tauchten die Füße ins feste Gras, spannten ein Zelt unter eine Kiefer; zwischen Görlitz und Dresden.

Wasser stürzen : rechtes Ohr und Halsseite schmerzen beim Schlucken; sind auch dicker (und den Kopfschützer ummachen und so schlafen).

Bauernwege über Hügel : der Sand war mattgelb aber fest, und die zwei tiefen Geleise störten noch nicht; auch war ich bald oben und sah, wie die schweren Waldwellen nach allen Seiten hin sanken, sanft wölbten : war nur Glanz und Grün in vielen Stärken, rips und mild. Auch trieb die Sonne ein dunkles Spiel mit mir; als ich bergan kam, stand sie kalt und abendgleich fast hinter fernen blaugegossenen Wolken : nun wieder erschien sie oder eine andere vormittagshoch hinter mir, und heiß dazu; da ging ich leicht weiter (einen schwellfeinen Schmerz im Ohr), eine Senke hinein, hinan. Und die Wagenspur verbog sich in rechte Belanglosigkeit : allein gelaufen ist immer besser, als mit Vielen gefahren; auch war der klare dünnvergraste Weg so schöner; die Kiefern bogen oben rote gesunde Ringerarme, grünbehaarte; ich wehte langsam im goldgestreiften Schweigen, das schöner ist, als viele Vernunft. Als der Weg völlig verrieselt war, bannte ich mich in die Lichtung : oben blaues Geglüh mit goldenem Unerträglich; so heiß wartete die Luft um mich, daß ich gedankenlos sanft anschwebte, durch neue Büsche, um braunhäutige Baumschönen : rauh und keusch und heiß flossen die Feingliedrigen herum, nach hinten, rückwärts. Lange war ich so, lichter Schatten, verwaldet, da wuchs ein freier raumer Hügel, dessen Rand ich leicht emporstieg : und auf der weiten Terrasse eines alten Schlosses stand. Hier und da sah ich Steinfiguren, puttenklein und derb, auf den schweren Balustraden; die Platten des Hofes waren mit feinen Mooslinien zusammengefügt, Sommeröde und alternde Stille; ich schritt hinüber zum sehr hohen gewölbten, umwappten Tor, sah die mächtigen vielfenstrigen Fronten entlang (und ein scharfer Halsschmerz trennte Kopf und Rumpf); dann ging ich leichtfüßig hinein ....

Naiver blauäugiger Himmel : »Mensch, werd bloß nicht krank!« warnte sie bestürzt, und auch Grete zerschrak : »Ach. – – Sie sind doch in keiner Kasse!«, und in ihren Augen stand schwermütig-deutlich die ewige Angst der Armen vor Ausgaben und lebenfressender Arbeit. Sie legten Hände an mich : Fieber! Aber obwohl mir wirklich leicht benaut war, schüttelte ich leichtfertig die Backen : »N Wunder wärs nicht –« sagte ich zuvorkommend : »– nach all der Schinderei; aber so wild is es noch nich.« Ich schluckte schmerzhaft, und sie merktens, und Grete sagte nach etwas Zögern : »Sie haben doch noch Zigaretten ...« »Zwei Schachteln.« Pause; gewiß, wir brauchten sie nötig. »Trinken Sie vielleicht mal Etwas« proponierte Grete hilflos : »bei Männern soll das helfen ...«; und auch Lore nickte, alte Routinieuse : »Geh mal zu Apel nachher; eine Schachtel kann draufgehen, und dann legst Du Dich gleich hin, schwitzen. – Das war ja auch ein Ding –« wandte sie sich zur Andern : »Denk mal : übern Zentner 6 Kilometer weit asten! Bei unserm Essen!« Ich gab nach, obwohls eine Gemeinheit war, denn es ging ja auch den armen Dingern vom Essen ab; man ist ein verdammter Exmensch!) »Aber jetzt sind sie Alle auf den Feldern –« rief Grete eifrig (hatte sich wohl reuig alle meine Verdienste zurückgerufen) : »Sie nehmen dann mein Rad!« O. K. »Und setz Dich jetzt in die Sonne!« O. K.

Ein Böhm : mit einer Geige, eine Pauke auf dem Rücken (die mit Hackenzug bedient wurde), und auf dem Kopf ein Schellenbäumchen : so musizierte er »kinstlich« und kam gar immer näher, daß mir bei jedem Bums der Hals schmerzte. Natürlich war er aus Jablonetz/Nissa (»ahnfangen« fing er an) aß Tomaten, die er »Paradeiser« nannte, und unterhielt mich ein bißchen : »Spielleute kommen weit rum!« bestätigte ich gequält, und erzählte ihm langsam vom Trompeter Vermann, der gar in der großen Pagode zu Lin-Sing begraben liegt. Bis es ihm zu blöd wurde. (Wie er mir schon lange); und ich schrieb wieder weiter in der Eilikrineia.

Dann kam Bauer : immer Einer nach dem Anderen; lächelte überlegen, als er das Stück Grüntrikot um meine Backe sah (und der Hals wurde immer schlimmer; ich kann kaum noch schlingen und sprechen!); und er säuselte im Wind :

»Kein Wort gegen Jean Paul, Mensch!« sagte ich mühsam; er sah mich pikiert an : »Warum nennen Sie mich Mensch – ?!« und erzwang ein vornehmes Lachen. »Weil ich Sie erinnern muß, daß wir von Geistern sprechen : er gehört einer andern Größenordnung an, als – Sie« (ich war hundsgrob : ich sagte absichtlich nicht »wir« : soll er doch bloß abhauen, und mich bei den Erinnerungen an Titan und Palingenesien allein lassen! – Aber nichts da : er wars wohl schon gewohnt.)

Zeigte sein neues Oberhemd, weiß Gott! und ich besah dem Blödling den zart gemusterten Ärmel : »Als wenn Aristoteles selbst es gearbeitet hätte«, mühsamte ich lobend; er erschrak des Todes : aus seinen Augen fragte es : Aristoteles? aber ich ging erschöpft darüber hinweg. – »Wer nicht besser ist, als sein Vorgesetzter, ist kein Untergebener«. – »Zum Vorgesetzten muß man also schlecht genug sein – ?« meinte er ironisch; ich nickte so unbeteiligt, daß er ganz wütend wurde (dabei war mir heute wirklich jedes Thema wurscht!). – Große Männer : »Nur was tatkräftig ins Leben eingreift, die Welt gestaltend verändert : kann wahrhaft groß sein!« behauptete er (sah also im tätlich werden das Kriterium). »Alexander!« ausfordernd; »Ludwig Tieck« sagte ich verschwollen; »Bismarck!!« rief er mutig; (und mein Ohr quälte mich); »Fritz Viereck« flüsterte ich : er horchte mit geriegelter gerunzelter Stirn; ging bald, kam wieder.

Pause (schön!)
»Wer war dieser« (betont) : *»Viereck!«*. »Haben Sie im Lexikon nachgesehen?« fragte ich neugierig und kränklich neidisch; er nickte kalt und beherrscht, verbissen und fürstlich; : »Jaja – Viereck – –« sann ich, schüttelte den Kopf, abwesend, schlug unsichtbaren Mantelkragen hoch (er merkte es und ging endgültig ab) : das war der exzellenteste Rum gewesen, den ich je gekannt habe; fast göttliche Verehrung hatte der Mann unter uns genossen : Fritz Viereck, Stettin ...... :

»Es war einmal am Hofe zu Eisenach –« : Les contes de Hoffmann (und wars nicht Herbert Ernst Groh?!). »Na, wie gehts?!« rief Lore mir Besonntem zu : »Besser??« Ich schüttelte den Kopf, daß sie sofort zu mir altem kopftuchenen Weib herauskam, und sich neben mich hin kauerte : so sahen wir einander an, bis ich bat : »Nicht ankucken, Lore : ich seh so dämlich aus!« »Ach du Muff!« sagte sie entrüstet, wandte aber das Gesicht doch : es stimmte schon! Ich stand auf, schlenkerte das Tuch ab, und sagte laut und zuckend : »Ich versuchs jetzt beim Kuhfürsten.«; sie holte mir das Rad still heraus, und ich flog elegant den Hügel hinunter (bis ich außer Sicht war : dann zog mir der Fahrtwind im Ohr, daß die Tränen liefen, Pest und Tod!)

Sie brauten und kosteten : s war eine ganze Gesellschaft, alles wohlhäbige Hausbesitzersköpfe : und Apel empfing mich lärmend : »Jou!« – »Amerikanische« brauchten sie jetzt und immerfort! »Krix ne Bierflasche voll! – ? – Dauert ne Viertels-tunde : wir blasen grade!« (also mit hinein)

V2-Sprit : (in Krumau, wo Grete war, hatten sie im Kriege auch das hergestellt); da brauchte man das Benzol nur durch ein paar Stunden Luftdurchblasen und Kohlefiltern zu entfernen, und fertig war das schönste Feuerwasser! (D. h. es schmiß Einen immer noch in den Schultern beim Trinken, aber wirken sollte es : grandios!) Sie saßen und glotzten. Wurde vorgestellt, vielen klaffenden Mäulern, aus deren jedem ein dampfender weißpapierener Stift stak : Gott strafe England und Euch Unabkömmliche (denn wieder schöpften diese Landwirte das Fett ab : im Kriege waren sie mehr zu Hause als bei uns draußen, und jetzt fressen sie sich auch wieder als Einzige satt, und nehmen im Tausch der restlichen Bevölkerung das Letzte weg. Neulich hat einer zu Grete gesagt, als sie mit einer Kaffeebüchse ging : ihm fehlte nur noch n Teppich fürn Kuhstall! Krepieren müßten die Schweine! Alle Bauern! – Villân hieß es bei den Mittelhochdeutschen : die wußten noch offiziell, daß Bauer und villain eins ist!)

Türlich : alles »alte Soldaten!« : Einer, schon besoffen, machte für eine Zigarette den Parademarsch von 1914 : Da buffa buffa buffa-buff! : die Gesichter dröhnten vor Lachen, gespitzte Hände zeigten auf den alten Trottel, oh ihr abdominales Pack : gelogen wurde aus versteppter Seele; männlich gesaut; unds dauerte immer länger. Jeder gab »erhöhte« Geschichten, schreiend, und Vollgas, daß die Hölle auch noch stank : solche Kondensstreifen könnte Unsereiner gar nicht hinstellen : von was auch! Apel fuhr, halb fett, noch einmal aufs Feld, und sein Freund murkste weiter : »43 Prozent« sagte er stolz zu mir, Gelehrte unter sich eh, und im Topf bobbte das Aräometer : »Na : dor hessemm!« : auf die Schulter schlug er mich auch noch, gönnerhaft und wohlwollend : die Hand soll Dir abfaulen!

Auf einem weißen Stein : auf einem weißen Stein (mit einer heiteren Zahl drauf; also ein Kilometerstein vor Brand's Haide). Noch ein Schluck : s schmeckte fürchterlich; aber vom Magen her geisterte es heiß und verwildert auf, und der Hals tat schon nicht mehr so : weh : das heißt : ich pfiff jetzt drauf! Im letzten Abendlicht! Noch Einen? : Klar : noch Einen! (Dann war sie erst halb leer, unds reichte noch für einmal. – Aber ich wackelte schon ganz schön, schwingend : na, ist egal!) – Da lehnte das Rad am Baum mit sehr runden Rädern, alle Speichen hatte ich blankgeputzt : konnte ich noch stehen? Hinter mir sagte man bärbeißig : »Nanu – !«; ich sah mich gar nicht erst um; ich erklärte eifrig : »Es muß sein, liebe Freunde : ich bin nämlich irgendwie defekt. – Ich geh auch sofort wieder!« und schritt auf das runde Rad zu (kein Gefühl mehr im Gesicht : also vollfett!) Er kam, sich altklug umsehend, zu mir herüber und besah mein Gesicht; die dicke Seite, die Zunge : nichts gefiel ihm heute. »Da seien Sie man vorsichtig mit« sagte er vorwurfsvoll : »fahn Sie schetz man nach Haus und s-tecken Sie sich ins Bett : da is in der heutigen Zeit nich mit zu spaßen!« (Mit meinem Bett nicht : da hast Du recht!) Aber er meinte es gut; die Sterne zogen ihre Runde : rund-herum, und die alte Kognakpumpe in mir schlug mich wie mit Fäusten : ich reichte ihm stramm die Hand : ! : nickte und führte das Rad auf Straßenmitte : kein flacher Kopf, der Schmidt, was?!

Riding on a bike : sssst! – Das war ein Stein, ein Steinchen, ein Kieselchen; röhrig schob ich blitzschnelle Beine : und fett wie ne Axt! Juckjuckjuckjuckjuck : Apel, dem großen Kuhfürsten, schnitt ich ein so flämisches Gesicht in den Ochsenkarren, daß er kerlig aufsprang und in die pausende Luft schnappte : o Du Kalb Moses!!

Der kantige Mond : sägte im schnarchenden Gewölk, daß es milchig stäubte : sagflis hieß es in Norge : da war ich auch gewesen; ich blies verächtlich aus hartem Spitzmund : Alles lange her. (Nochmal 17, 18 müßte man sein) ich schwenkte den Körper, linkes Bein als Achse (Das rechte taugt nicht mehr viel, vom Kriege her!) und fuderte über den Platz.

Da stand doch dieser Bauer am Fenster! : ich setzte das Rad klirrend auf, und ging auf die beiden zu : ihn fertigte ich mit einem Dolchblick ab, und einem versoffenen »Noamd!«, dem ich den Klang einer schweren Beleidigung zu geben suchte. Ich kehrte mich zu ihr; ich sagte : »Ich liebe Dich!« (Als Gruß, ohne weiteres!); sie antwortete nicht; also drehte ich wieder um : gekränkt : weiß Gott, man sollte *nur* Fouqué-Material sammeln! Jetzt rief sie : »Herr Schmidt ...«; ich fuhr herum : Grete war das gewesen! Und Schorsch lachte doppelbödig und unbändig : wir rechnen auch noch mal ab, Messer Agricola! »Ach so« sagte ich bieder : »bitte um Entschuldigung ...«; ging hinein und lehnte mich ein Viertelstündchen flüsternd an die Wand. Dann zog ich Alles an (denn ich begann doch wohl wieder zu frieren) und rollte mich ein (Hoffentlich hat die Dusche geholfen!)

Erst Mittags aufgestanden : dafür nicht gewaschen. »Ja, mir ist besser!« (war aber gar nicht nennenswert!) – Mit der Post wieder lange Bücherprospekte : drucken jetzt bloß 20–30 Jahre alte anerkannte Schlager. Manche davon leidlich (dennoch ist seit Stifter und Storm unsere Literatur tot); meistens aber nur Zuhälter der Poesie. Hamsuns »Mysterien« eins der leidlichen; und ich erinnerte mich : hat aber, was man technisch »überentwickelte« Charaktere nennen könnte – nicht weil ihm etwa übermenschlich große Individualitäten gelängen, Gott bewahre! – aber zu lang ist das Alles : man weiß von den Personen nach 300 Seiten nicht mehr, als man schon nach 100 wußte; das nenne ich überentwickelt, oder einfacher gesprochen : zu viel planloses Gequätsch. Idji! (Ich lobe mir den Gordon Pym : wo solche Kraken auftauchen, ist Tiefsee; beim Nazi Hamsun nicht. – Ich seh ihn immer noch, wie er, stöckchenschwingend, schon 80 und immer noch nicht gescheut, die deutsche Besatzung hofiert, ihre U-Boote besichtigt, und für die »blonde Bestie« schwärmt. Auch als Dichter kann er wenig : Vielleicht begründe ichs später ausführlich; jetzt bin ich krank : also nochmals : idji!)

Bei ihnen : »Na – ?« Ich richtete mich hoch auf, die Hände in den Taschen : »Geht schon wieder«; dann setzte ich mich doch lieber auf den bretternen Fensterstuhl; das Buch auf dem Tisch : Mathilde Erhards Kochbuch. (Grete hatte sichs von der Schradern geholt : warum wohl!) Lange und geil in den Rezepten gelesen : man nehme einen 4-pfündigen Rehrücken; zum Baumkuchen 70 (sic!) Eier; Seife kocht man bequem aus den reichlichen Fettabfällen unserer Küchen : wir hätten sie blank verschlungen; mit Abbildungen der gut bürgerlichen Küche um 1900; Pflege des Weinkellers : und ich hatte meine Flasche so einfach in die Kiste gestellt; so also sah ein gedeckter Tisch für 32 Personen aus, und ich las gierig die Gänge, bis mir schlecht wurde : »Iss Essen schonn so weit?!« Kam sofort : Rührkartoffeln, und ohne Fett gebratene Äpfel : mir fielen unsere Vorräte ein, und dies würdes dann also für die nächsten 4 Wochen geben. (Doller Geschmack!)

Bißchen draußen : rundrückiges Wolkenvieh mästete sich am Horizont, im Norden. (Nö : eigentlich rundum). »Können wir heut Abend etwa losgehen – ?« fragte Gretel neben mir, zaghaft, schamvoll (aber wir hatten kein Gramm Holz mehr!) : »In der Dämmerung, ja?«

Dämmerung, ja : Heuernte in den Mooren; ein draller ländlicher Mond dicht über dem Bauernvolk : »Die sind doch immer dabei!« – Zapfen und Holztrümmer hochheben (mein düsterer Kopf schwankte im mantelgrauen harten Spinnengezweig, Spenstergezweig); lange Stücke, von gebückten Mädchen gebracht, schlug ich gegen den gespannten Oberschenkel, bis etwas brach. Schon am andern Ende der Holzung : Gesicht durchs Gebüsch : Wind büffelte faul in noch Ungemähtem; ein altes flaches Goldstück lag, zerbrochen oder zugestaubt, im Himmelsdunst, ganz da drüben. (Och, zum Sterben wars nicht, aber ich fror und schwitzte wie ein panisches Vieh) Zupfen; Streicheln : – »Ich komm schon.«

Jede hat einen Rucksack, ich den großen, die verfluchten Wurzeln. Absetzen. Schon ganz finster; und dicht am Schienenstrang : »Wir gehen auf den Schwellen lang, ja?« – »Der letzte Zug nach Walsrode ist längst durch.« »Klar!« Tappen, tappen : »Ist Dir nicht gut?« »Nee« sagte ich (ehrlich sein ist keine Tugend, aber s geht meistens schneller; zum Lügen braucht man viel zu viel Zeit und Aufwand) also : »Nee!« – »Wir sind gleich da, – unten is schon die Holzindustrie.« »Und dann is erst mal n paar Tage Ruhe!« entschied Lore.

Frau Bauer, die Alte : mit Löckchen : »Ach, könnten Sie mir wohl endlich die Eimer zurückgeben!!« (Hier haste den Dreck!)

Mit Löckchen : Schon bei Individuen ist es ein peinliches Schauspiel, wenn sie nicht mit Anstand alt werden können : wie viel mehr noch bei Völkern! Solch würdelosen Anblick bot bereits Hitlers Deutschland; bietet zur Zeit wiederum, erhöht und grotesk genug, seine Sowjetzone : bietet letzten Endes Europa. Es gebe doch endlich den schon seit 100 Jahren fragwürdigen, seit 50 aber recht lächerlichen Anspruch auf Führung der Welt auf, und begnüge sich damit, seine Sprachen und alten Kulturwerte den Nachfolgern aus Ost und West so intakt wie noch möglich auszuhändigen; dann aber Industrie und Bevölkerung durch radikalste Geburtenbeschränkung auf 200 Millionen abzubauen. Europa als Hellas-Schweiz der Erde : ist Alles, wonach man billigerweise noch streben sollte; ich fürchte, wir werden nicht einmal das mehr erreichen, oder ein ruhiges Aussterben : in 20 Jahren wird mans wissen. – : »Eher geh ich noch zum heiligen Rock nach Triere, als ins Russische!«, und sie neigten betroffen die Mundwinkel : das hieß bei mir allerhand. (Stimmt aber eher umgekehrt!)

»Du hast Fieber : geh schlafen!« kommandierte die Herrin; hat recht : »Gut Nacht –« bat ich (und sie kam mit hinaus : DU!) – »Wir sind roh« sagte Grete ärgerlich drinnen : »daß wir ihn heute so haben schleppen lassen. – Aber er wär ja doch mitgegangen! – – Er ist wundervoll!!« (Wer hörte das nicht gerne!? Aber muß raus, erst mal nach mir sehen!)

Draußen : laufende Lichter fern im Walde (vielleicht auch mehr vor meinen Augen); ich fing so unvermittelt an mit den Zähnen zu schnattern, und das so laut im Dunkeln, daß ich sofort reinrannte. Als Vomitivgabe einen großen V2-Häger : ich nahm einen kleinen Zettel, ich schrieb mit dem besten Stift : »An Lore / (1a) in meinem Herzen / : Liebste! /« und Unterschrift; und dazu : d. L. B. (das hieß bei uns : der Liebe Beflissener). – Ich lief an ihre Tür, tupfte leise, und steckte den Zettel in eine Mädchenhand, machte die Türe selbst zu (das Licht war mir zu dick). Stand : – ? – : ein leises tiefes Lachen.

Der Wind, der Wind : pflügte heran, den sausenden Büffelkopf tief, über Brands-Haide, über die befahrene Straße, hügelhoch über Blattloses : dann rannte er auf dem freien Platz, daß der Kies stob, an uns; aber wir standen fest, die dünnen Arme ineinandergeschränkt, Lore, ich, Grete.

(Drei Häuser um uns : Schrader, unsere Bruchbude, des Gottes Haus : aber das half nichts bei solchem Wind; nur unsere Arme).

Eine Zeit lang lehnte das spitze hippokratische Gesicht des Mondes schräg da oben, in fleckigen leinenen Tüchern, daß wir erst schwankten, erschraken : seltsam : so bleiches Licht und Wind : und dabei Mensch zu sein! Nur gut, daß wir durch den dünnsten Stoff unsere Glieder fühlten, fest aneinander gedrängt (Gott, was hatte Grete für magere Arme : Frauen dürften nicht »arbeiten«! Aber immer robota, robota : das ist der Refrainfluch!)

Es rollte über den schwarzen Wäldern, mondbestarrt; : »Gleich kommt er«, zischte Lore (meine Lore!) und preßte mich, wie einen Kuß; wir senkten die zähen Stirnen, und die Bö zerschellte um uns und über uns : husch war auch der Makabrehochoben weg : wer widersteht Uns?!

Grete zuckte; sie schlug die rechte (freie) Hand in meinen Kragen; sie sagte atemlos : »Du!«, und Lore schnurrte wie eine Göttin nebenan : Alles Du! (Drei Fahrräder müßten wir haben und nebeneinander daherbrausen, mit unbewußt rastlosen Beinen!) Ich zog die flache Flasche aus dem Mantel : Gesegnet sei Mrs. Kiesler! und sie sprachen es langsam und feierlich, hallend, nach : God bless her! Wir nahmen so den letzten Schluck.

Und Wind : Es stampfte oben in den Wolken, daß unsere Beine ausfielen, in alle Richtungen. Fechten mit dem Überall : das heißt Menschsein!

»Mensch : Gib mir die Unendlichkeit zurück!« stöhnte Lore (meine Lore!) neben mir. Ich schwenkte (Grete im Arme) zu ihr; ich sagte : »Du!« Pause. »Nein!« sagte ich : »das kann ich nicht, Lore!« (Meine Lore! Grete wurde nur so mitgenommen.) – »Wer weiß, was aus Uns wird –« (Sehr richtig, Lore : quien sabe! Ich nicht!) Wind; Wind : wir neigten uns und federten hoch : Wir uns neigen?! Vor Wem!? »Bedecke Deinen Himmel, Zeus, mit Wolkendunst« : Tjawoll!

Oktoberregen : aber ohne Uns! Wir stolperten, verächtlich lachend, hinein : »Ohne Uns!«

»Und nun lies was!« ausforderte Lore; ich sah ihr ins brausende Gesicht, über das Wolken zogen, Schatten zogen, und doch Zügeklarheit : Du wirst mir bis ans Ende des bißchen Lebens vorangehen, Lore! : Sie kam um den leuchtenden Tisch herum, den mit der weißen Decke, und nahm mich in die Arme (daß Grete weinte). Und der Wind ritt hunnisch über Brands-Haide, wie der Himmel tränte, und unsere kleinen Scheiben schwirrten : ruhig; ruhig! Wir halten die Stellung! 6 Jahre Soldat und bei der schweren : da muß es schon verdammt knallen, eh wir erschrecken, eh?!

Ein Bleistift (: wenn man den selbst herstellen sollte! Stellt Euch vor, die Menschheit ist weg : und Ihr solltet einen Bleistift machen!! – Zauberei!) und Papierenes in der Hand : ich fuhr mit den Augen im Kreise. Lore; Lore; Grete : ich setzte die Spitze des Dinges auf, und las :

»Nach einigen Stunden etwa fühlte er sich von einem seltsamen Geräusch erweckt. Wie ein ferner Donner aus tiefer Bergeskluft drang es an sein Ohr. Anfänglich, noch halb schlummernd, wollte er sich überreden, es sei das Unwetter im Gebirge, aber stets vernehmlicher drang der Ton von der andern Seite, wo er bei Tage die verschlossene Tür bemerkt hatte, herauf. / Das nächtliche Erwachen an fremdem Ort, immer von

wunderlichen Schauern begleitet, ergriff Alethes Gemüt unter diesen Umgebungen mit zwiefacher Gewalt. Der wahnsinnige Alte schnarchte, und sprach einzelne wehklagende Worte im Traume; ein unruhiges Geflatter, wohl von Fledermäusen, streifte hoch an dem Felsengewölbe hin, und bedrohend stieg das Brausen und Zischen und Brüllen aus der Tiefe herauf. Alethes, von Dunkelheit und Grauen bezwungen, rief nach dem Alten. Der fragte ächzend, was es gebe. »Hörst Du nicht« rief Alethes, »das zornige Getöse von dorten, wie aus unermeßlichen Abgründen her? –« »Ho, ho« sagte der Alte hohnlachend : »ist es nur Das? Ich will Dirs vernehmlicher zu hören geben! –« Damit war er schon an der Tür, die in den Felsen hineinging, riegelte sie auf, und zugleich mit einem schneidend kalten Zugwind drang das furchtbare Tosen fast betäubend empor. – »Was ist es denn? Was will es denn? Böser Zaubrer, sags an!« so rief Alethes, ganz irr in diesem Tumult. Der Alte, dicht neben ihm stehend, denn die Tür war nah bei des Gastes Lager, sprach mit vernehmlicher Stimme durch das Gebrause : »Dieses Felsloch führt tief in den Berg, unbekannte Schlünde hinab, in ein Eisgewölbe, da drinn es einen grundlosen See gibt. Er ist meistens still; aber wenn der Sturm so wild aus den Wolken fährt wie Heute, dringt er auch wohl durch unbekannte Zugänge bis auf das heimliche Gewässer, und dann zischt es und heult, wie Du es eben vernimmst. Man kann auf dem glatten Eise ein wenig in das Gewölbe hineingleiten, aber in Acht muß man sich nehmen, denn drei Schritte zu weit, und Grundlos hat Dich in seinem Gewahrsam bis zum jüngsten Gericht. Ich habe mir deswegen den Zugang mit Riegeln verwahrt : man weiß nicht, es kommen den Menschen bisweilen tolle Dinge an. – Ein wenig schildern will ich doch eben jetzt –« Er sagte diese Worte mit einem heisern Lachen schon außerhalb der Tür, und Alethes hörte, wie er gleitend auf dem Eise umher fuhr. Ihn selbst, den auf dem Lager Liegenden, kam darüber ein Schwindel an, und es war, als raschle ein böser Geist in dem Moose, und flüstre ihm zu : sperre den Alten aus, Freundchen, sperr ihn hübsch aus : so bist Du seiner häßlichen Nähe quitt! – So entfernt auch Alethes war, dem bösen Gedanken zu folgen, so besorgt war er dennoch, der Alte könne von selbst die Eishalle hinunter gleiten, und in seinem eignen Gemüte müsse es sich dann wie ein Wahnsinn festsetzen, er habe seinen tollen Wirt hinuntergestoßen : er könne ja nie im Leben darüber zur Gewißheit gelangen, und müsse vor dem ängstigenden Zweifel vergehn, da es nachher Niemanden gebe, der ihm ein tröstliches Zeugnis darüber abzulegen vermöchte. Der Alte kam endlich zurück, verriegelte sorgsam die Tür, legte sich auf sein Lager und schlief ein. Alethes aber konnte keine Ruhe mehr gewinnen; schloß er ja auf kurze Zeit die Augenlider, so kam es ihm vor, bald, als liege er selbst, von dem Alten hineingeschleudert, in dem grundlosen See unter dem Eisgewölbe, auf ewig weitab von allem Leben; bald wieder, als heule der Greis aus der Tiefe durch das wilde Getöse herauf, und klage ihn als seinen Mörder an. / Der Morgen warf endlich durch das umgitterte Luftloch an der vordern Tür seine ersten Lichter in die Höhle. Alethes eilte hinaus, ohne sich nach dem schlafenden Alten umzusehn; ein klarer Himmel, eine stille Luft, und der feste, knarrende Schnee unter seinen Füßen, versprachen ihm glückliche Fahrt, so, daß er auch im Vorwärtsschreiten das Grausen dieser Nacht immer freudiger abzuschütteln im Stande war. Plötzlich aber stand er an einem Abhange, der, mit hohem Schnee überdeckt, keine Spur für den Fortschreitenden mehr darbot. Man konnte eben so gut unter der blendenden Hülle in senkrechte Tiefe hinabtreten, als irgend einen schützenden Stein erfassen. Es wäre Raserei gewesen, hier auch nur einen Versuch zum Hinabklimmen zu wagen, daher Alethes den Berg nach der andern Seite hin zu erspähen begann. Aber von kaltem Entsetzen fühlte er sich ergriffen, und von immer wachsender Angst, als er an allen Gegenden der Höhe dasselbe Hindernis antraf, und sich endlich überzeugen mußte, er habe den Umkreis, in welchen er gebannt sei, vielleicht schon zwei- bis dreimal vergeblich durchlaufen. Schon blitzte die Sonne hell auf den Schnee, als er endlich erschöpft und in gänzlicher Hoffnungslosigkeit den Rückweg nach der Höhle antrat. Der Alte sonnte sich vor der Tür und lachte ihm entgegen : »Du wolltest davon laufen«, sagte er »aber wir sind hier eingeschneit für den Winter. Ich merkte es gleich in der Nacht, als der Schnee so wütig gegen den Berg trieb. Find Dich drein : Du sollst es nicht übel haben. Mein Verwandter bist Du ja ohnehin; bist Organtin, mein Neffe, sonsten der Teufel geheißen, dieweil Du einen Teufel im Panner führst : siehst Du, wie gut ich Alles weiß?! Du hast Dich auch selbst mit dem Liede verraten, das Niemand wissen kann, als meine nächsten Anverwandten. Gräme Dich nicht : mit Anbruch des Sommers kannst Du weiter ziehn, oder wenn es gut Wetter gibt, schon mit Anfang des Frühlings. Bis dahin bist Du Reinalds von Montalban Gast! Tu nur, als ob Du zu Hause wärest, und fürchte Dich nicht vor mir. Meine Gäste, mußt Du wissen, hab ich immerdar gut verpflegt, und mich aller Neckerei gegen sie enthalten : tritt in die Höhle, Organtin!« –

Wen einmal erst ihr Arm umflicht, / wem ihres Mantels dunkle Falten / das jugendliche Haupt umwallten : / Den läßt die Eumenide nicht! :

Sehr furchtbar und drückend waren die ersten Tage vergangen, welche Alethes bei dem Alten in der Höhle verlebte. Der Wirt konnte sich in seinen Gast, der Gast in seinen Wirt nicht finden, und das Entsetzen des Einen steckte immer den Andern unwiderstehlich an. Vorzüglich grausig aber kamen sie einander vor, wenn sie aus dem Schlafe erwachten, und sich anstarrten, wie ein Wandrer das Untier anstarrt, das während seines Schlummers die gleiche Lagerstätte mit ihm erwählt hat. Alethes jedoch fand sich zuerst in die einengende Notwendigkeit; er fing sogar an, auf den ihm vom Alten beigelegten Ritternamen Organtin zu hören, als heiße er in der Tat so, und wie sich in ihm die Scheu legte, zähmte sich auch des Alten verwildertes

Gemüt mehr und mehr. Er ward des menschlichen Umganges froh, und empfand nur seltene Anfälle seiner gefährlichen und Abscheu erweckenden Launen. Am schlimmsten und unaufhaltbarsten tobten diese, wenn die unterirdische Flut im Verein mit ihnen aus dem Eisschlunde heraufbrüllte. Dann tanzte er rasend in der Höhle umher, ja auch oftmals, wie in der ersten Nacht, jenseits der aufgerissenen Tür auf dem schlüpfrig abhängenden Boden hin, von wo er seinen Gast zu sich zu winken pflegte, und zwar in so gebietrischer Stellung, daß dieser bisweilen kaum dem seltsamen Geheiß widerstehen konnte. Auch gehörte es dann zu seinen Ergetzungen, Steine in den glatten Abgrund hineinzuschleudern, die, gleitend und abprallend, und endlich in das unterirdische Gewässer stürzend, furchtbare Töne weckten. / Eines Tages war er auch aus der Höhle gegangen, um große Kiesel zu suchen für dieses Spiel; da beschloß Alethes, den grausigen Abgrund auf immer zu versperren, was auch aus einem solchen Beginnen herkommen möge. Rasch riß er den Schlüssel aus dem Schloß, schleuderte ihn tief in das Eisgewölbe hinab, und warf hinterdrein mit angestrengten Kräften die Türe zu, daß sie krachend ins Schloß fuhr, und die ehrnen Riegel darüber zusammen schlugen. / Auf das Geräusch eilte der Alte nach der Höhle zurück; mit einem Blick übersah er das Geschehne, und ließ die gesammelten Steine aus seinem Gewande fallen, während er mit der andern Hand sehr ernsthaft nach Alethes herüber drohte. Dieser hielt sich auf seiner Hut, aber der Greis legte sich, schweigend und ohne weitern Unwillen zu äußern, auf sein Lager, sich gänzlich mit Moos zudeckend, so, daß er verhüllt war, wie am Abend, wo Alethes zum erstenmale die Felshalle betrat. / Es blieb so, bis zum andern Morgen, wo der Alte, sich aufrichtend, sagte : »Organtin : lieber Neffe; es ist wohl gut, daß wir einander anverwandt sind, und Bewohner derselben Burg. Aber soviel, als Du Dir Gestern herausnahmst, mußt Du nie wieder wagen. Hausherr, mein lieber Organtin, bleibe ich doch nun ein- für allemal, hier in der Höhle, wie ehemals auf Montalban. Meine lieben Gäste aus dem Eisgewölbe sind mein : dermaßen mein, daß der Teufel Jedermann holen soll, der sie von mir wegzureißen gedenkt. Ich hätte Dir auch schon lange den Hals umgedreht, Organtin; aber es ist ein Glück für uns Beide, daß Dein Türzuschlagen eben gar nichts geschadet hat : denn Geister, Neffe mein, kehren sich nicht an Tore von Eichenholz und Riegel von Erz : wo sie hin wollen, gelangen sie ohne Widerrede hin. Unten über dem tiefen See rauschet ihr Flug, Fittig hoch, Fittig tief, bald oben streifend das glimmende Eisgewölb, bald wieder sich tauchend in des schweigenden Gewässers Rund. Seit lang vor Carol Magnus Zeit her wohnen sie dorten. Ariovist redet von seiner Römerschlacht, und Marbod und Hermann vom deutschen Bürgerkrieg. Da spiegeln sich uralte Waffen, seltsam geformt, in den Wassern und von unerhörten Dingen flüstern bärtige Lippen an bärtige Wangen. Sieh einmal, Organtin, Du bildetest Dir ein, die grausigen Richter von mir ausgesperrt zu haben : jedoch nach wie vor ergeht ihre unaufhaltsame Reise, wesfalls sie auch Heute Nacht bei mir gewesen sind : danke Gott dafür, Organtin; denn sonst – –« Er verstellte sein Gesicht aufs Häßlichste, die Zähne gegeneinander schlagend, und die Augen wild umherrollend ....«

Sie saß finster und verhärtet; sie sagte düster und rätselhaft : »Du tust mir leid. Mein Junge. –« Das heißt : ich verstand gleich etwas; ich horchte einem neuen bösen Klang und sah ihr unheimlich in die Augen, lauschte. Langsam. Grete schluckte; sie fragte weich : »Wollen Wirs ihm nicht sagen ...«, aber Lore fuhr mit der starken Hand hoch; ich fing die in der Luft, ich bat : »Jamascuna!«; aber sie schwiegen sanft.

»Es war sehr schön« (Grete, dumpf); sie kramte im Gestrümpf : »*Zu* schön –« kam es still. Ich zwang mich zu Gleichmut und Trotz : »Also eine Überraschung –« stellte ich sachlich fest, von Einer zur Andern, und nur die Kleine nickte schwer : eine Überraschung! Dann sagte sie zu Lore : »Gib Deinen Rock noch her.

Den Du aufm Rad zerrissen hast –« (Lore war wieder allein in Krumau gewesen; einmal auch mit der Bahn.) – »Ach laß –« und sententiös : »Es ist Nichts so eilig, daß es nicht durch Liegenlassen noch eiliger würde!«

»Gute Nacht.« : »Mögen alle Wesen ...«, und ich spannte deshalb noch einmal die Hand nach ihr aus : »Lore! – Jamascuna – !« (Sie kam sofort mit heraus; sagte es aber nicht).

Im Traum zerbröckelte der gestrenge Grauhimmel und grobes blaues Craquelée erschien : schlecht gemacht! Viel Sonne (und natürlich bin ich wieder Soldat, wieder eben aus dem Lazarett, mit wackelndem Bein, bei 20 Mann in der Stube : verflucht sei das Militär! Geblöke und Stumpfheit!) Wie ein sonnegefüllter Rauch schwebe ich in den hellen Kasernenkorridoren, treppab, immer »grüßend«, über den kahlkörnigen erbarmungslosen Hof, oh, mit zusammengefalteten Zügen immer weiter. Auf dem Damm durch den Ratzeburger See, im langen wiesenfarbigen Mantel : schmutzige Wiese! Aus der ersten Tür rechts in einem mittleren Haus kommt Grete : »Wie geht es denn, Herr Schmidt ...?« : da kann man nur die Hand an die steifgeschirmte Mütze legen, und sie ernst hineinwinken : zu gut ist sie (auch am Markt noch nicken : zu gut!). Aber es singt in der Weidenallee, blödstampfend und tiefsinnig : Willst Du mich – noch – einmal se-e-hen : / mußt Du auf den Bahnhof gehn! : / in dem gro-hoßen Warte-Sa-a-l / siehst Du mich zum aller-le-hetzten Mal ..... : Das nenn ich noch sachlich und bodenlos. (Und ich summtes noch, mürrisch, als ich aufstand!)

Freiheit : Ein deutscher Schriftsteller am 31. Oktober 1946 ist frei : das Arbeitsamt ist froh, wenn sie wieder Einen los sind; Finanzamt Soltau ist völlig machtlos, denn er verdient ja grundsätzlich unter 600 im Jahr : Nur gesund möcht Einer halt sein, und bedürfnislos : dann ist man frei. (Glücklich ist allerdings noch was Anderes! – Und behaarte Kiefer hat man, scheußlich und tierisch.)

Belegter Himmel (wie ne Zunge); dann auch :

Regen verglaste das Fenster; die Bäume bei der Kirche bewegten ratlos die Äste, bogen sich ratlos um die Ecken, schlugen ratlos in die Restblätter : naß, schwarz, unerbittlichzäh war die Rinde über das vertrackte Wesen gezogen : nackte Eichen sind etwas Furchtbares, man braucht sie nicht erst bei Friedrich gemalt zu sehen. Der Himmel wälzte sich grau von Westen heran, immer drüber.

Ein Gebüsch sträubte entsetzt weißgrüne Blätter vor mir; auch die Post brachte nichts. Aber Lore kriegte wieder einen festen gelben Eingeschriebenen, mit schönen Marken drauf : ein Vulkan dampfte energisch über der Hochebene; und irgendein Bolivar zeigte sein erzenes Profil. (British North Borneo hatte früher schöne Marken gehabt, und Moçambique; müßten auch mal ne astronomische Serie rausgeben : Mars ganz in seinem Rot, mit den Polkappen etc; Saturn schwebt im Ring. Oder Zinnien wie sie Schrader diesen Sommer im Garten hatte : so seltsame Farben hab ich bei Blumen überhaupt noch nicht gesehen!). Und dick war das Ding : sie ging damit ans Fenster, erschlitzte ihn, und nahm viel Zeug raus, Geschriebenes und Gestempeltes. Unterdessen kochten die Kartoffeln, und ich war schwach genug, selbst danach zu sehen.

Flatterte Grete herein, atemlos, zitterte im Stuhl, die Hände nervös im Schoß : die Russen waren über die Grenze; bei Helmstedt; seit heute früh. (Stirnrunzeln!) : ja, sie sagtens in der Fabrik : bei Helmstedt! »Natürlich« sagte ich höhnisch und kränklich : »Hitler lebt ja auch noch : ist als Fremdenführer im Gebirgsmassiv des Popocatepetl gesehen worden : Bildbericht in der Illustrierten.« Sie flog immer noch; denn unten in Blakenhof wußte sie 2 Flüchtlingsfrauen, die waren von den Russen vergewaltigt worden, und hatten unter Flüchen die Kinder geboren (Das wäre kein schlechtes Kriterium für die diversen Besatzungsmächte : wer sich da am gemeinsten benommen hat! Totschlagen müßte man solche Bestien!).

Ich schwichtigte sie mühsam; redete ihr die Tartarennachrichten aus : »Dann würden unten auf der Straße die englischen Panzer schon rollen, Little-One! Oben Flieger. – Ruhig. Ruhig!«, ich streichelte sie ein bißchen, und sie ging, gefaßter, zum Ofen und legte nach. Lore kam mit vorgeschobenem Unterkiefer an den Tisch und fluchte auf : »Bloß raus!« schwor sie : »Mensch, wenn man aus dem Affenkasten raus könnte – ! – Na –« und sie wisperte mit der gekauerten Kleinen (da geht ein Gentleman für 5 Minuten raus; ich blieb vorsichtshalber und tückisch 20!)

»Doch! Die ganze Chaussee liegt voll«, beteuerte Grete : »Da hats Zentner! Noch vom Wind gestern.« Und wir gingen in den Nachmittag, mit Säcken, Eicheln sammeln. (Das hatten wir gelernt : schälen, in Spänchen schneiden, und auf einem breiten Tiegel ohne Fett braten : da schmeckten sie nicht mehr bitter! Man zermalmte sie zufrieden, und schluckte das Mehlartige : macht auch n Loch zu!). – Auf allen Feldern trieben sich die Bauern herum, (eine Egge harfte die Erde), gruben Mieten auf (oder zu; ich versteh nichts davon); gafften über Schaufelstiele; pfiffen argwöhnisch auf den breiten Fingern nach hypothetischen Hunden : weiß Gott, man müßte die Buben ausrotten!

Räuberwind zog im Wald, schleifte Schritte ins Laub, viel Schmugglersilbiges kam slavenweich : trat rauschend durchs Gebüsch und bewegte vorsichtig s Ästchengitter : »›Isch Disch lieben‹ sagt er«, behauptete ich dämmerungskühn in die blanken Augen meines Oktobermädchens : wie bog sich ihr Haar an der mooskrausen Rinde vom Eichenstumpf.

Der Alte : er schob in der Schneise einen Karren mit erlesenstem gelbem Herbstlaub; Lore erstarrte : sie flüsterte : »Ich werd verrückt ... Kuck mal!« Tatsache : er harkte das Zeug nicht zusammen, sondern *verteilte* es sorgfältig auf Rainlein, um Bäumchen; ein Prachtahornblatt hing er einem strammen Tännchen in den Wipfel und betrachtete wohlgefällig sein Werk. (Sah uns wohl nicht!)

Abendliche Dunkelei / und die Kuhmagd brummt ihr Lied. / Dreimal klafft ein Krähenschrei / wo der Tagrest westwärts zieht. / Über Apels Schonung wird es helle : / der Mond ... (Improvisierte ich; denn Lore hatte mich gereizt, ob ichs nicht könnte : Du wirst Dich umsehen! Wenns sein muß, entwickle ich die Suada eines Buffo, eines Advokaten : was ist eigentlich der Unterschied?)

»Aber die Eicheln!!« Schrader war am Zaun und klopfte entzückt auf die Latten, als er die hellgrüne und braunbunte Fruchtfülle erblickte : »Sie wollen ein Schwein fett machen – ?!«, und sah strahlend herum. – »Oh, ein Schweinchen –« dröhnte ich ungarisch-gerührt : »Jo : dos Schräiben und dos Läsänn ...« und nickte ihm bitterlich zu : die Diät würde Dir auch mal nichts schaden, mein Heiliger! (Und der Horizont, neben der Kirche, trieb aus schwammigem Graufleisch eine Brandblase : eine Abendsonne; und die Bäume sahen ratlos darauf zu!)

Heilsarmee : »Kommt zu Jesus : Bumm!« – »Ihm entgegen : Bumm!« – »Das Christentum, in der Form, wie es seit den 2000 Jahren unter uns besteht, das heißt, ein Trübes von Hierarchie und Dunkelmännerei, ist ein schlimmer Hemmschuh für die Menschheit!« – »Sei froh!« meinte sie : »haste immer Deine Motion ...« (Auch richtig!)

»Es ziehn der Sonnen Blicke / mit ihrem hellen Strich / sich nach und nach zurücke, / die Luft verfinstert sich; / der dunkle Mond erleuchtet / uns mit erborgtem Schein; / der Tau, der alles feuchtet, / dringt in die Erden ein. –« (Sie horchten kühl gespannt und kritisch zu).

»Das Wild in wüsten Wäldern / geht hungrig auf den Raub; / das Vieh in stillen Feldern / sucht Ruh in Busch und Laub; / der Mensch, von schweren Lasten / der Arbeit unterdrückt, / begehret auszurasten, / steht schläfrig und gebückt.« – (Grete nickte langsam : sie hätte wohl auch gerne geschlafen. »Mmm« machte Lore, nicht mißbilligend; ich hob die Hand und las) :

»Der Winde Ungeheuer / stürmt auf die Häuser an, / wo ein verschloßnes Feuer / sich kaum erhalten kann. / Wenn sich die

Nebel senken, / verliert man alle Spur; / der Regen Ström ertränken / der flachen Felder Spur.« – Grete öffnete den weichen Mund : »Zweimal Spur –« fragte sie zaghaft, sichtlich von lyzealen Skrupeln bestürzt; aber Lore sprang unruhig auf : »Das ist groß – !« sagte sie, wiegte die sternweiße Stirn; fluchte leise, mit einem scharfen Blick auf mich, und halböffnete den wilden Wünschelmund; schloß ihn verbissen und trommelte auf der versimpelten Kommode. Wieder zog sie den Brief von heute Mittag aus dem verschlossenen Fach, und ich schob mich steif hoch : »Ich muß noch mal ins Dorf« sagte ich schlaff.

Draußen : was soll ich draußen?! – Ich holte den Mantel, zog ihn im Gehen an, und latschte los.

An der Ecke : Drei Wege gingen von mir aus (und jeder war falsch!) : No : Brüder, laßt uns fröhlich sein ... (das heißt also nach rechts : ist ja auch vollkommen wurscht!) –

Schritte : auch das noch! –

Bauer : (auch das noch!) »Nabend, Herr Schmidt!« : »Nabend, Herr Bauer.« »Na : ein Ständchen bringen – ?« Ich feixte wehmütig durch die Nase und zeigte nach oben : »das ist serenadisch genug für Heute!« (Richtig : der Wind haspelte oben im Gewipf, ashen and sober).

»Kommen sie mit übern Sportplatz? Hinten rum?! –« : ich nickte gefällig : komm ich mit. Auch von hinten. (War Heute reif für schlechte Gesellschaft : Konditor, Konditor! : Was ist der Mensch und was kann aus ihm werden!)

»Ist Euch auch wohl, Vater?! : Ihr seht so blaß!« (Nämlich der Mond); auch Nebelvolk bewegte sich flink und selbstbewußt, sogar im Strafraum. Wir lehnten uns an den Zaun und sahen ins Spielfeld, wie da die Geistermannschaft still trainierte. »Die toten Fußballer Blakenhofs – wie?« raunte ich zu seinem Kopf, suggestiv im kalten Windstoß (da fuhren die drüben hurtiger durcheinander); »Soll ich –« zischte ich lüstern; wartete auch nicht erst, und pfiff einmal einförmig und schiedsrichterlich : gleich : ein Nebelwisch rollte auf der Elfmetermarke,

blieb federnd liegen : ein kecker heller Nebelkern –. Bauer rollte am Kragen; es war nicht heimlich : »Na – gehen Wir –« sagte er mannhaft und mürrisch; dann hörte ich noch, später, etwas von »Heftedurchsehen« : gut, gut; sieh sie durch, Boy, und danke Gott : Du hast einen ehrlichen gradlinigen Beruf (wenn allerdings dann die Russen da sind, mußt Du wieder umschulen; aber wir sind ja noch jung und wendig.) »Kommen Sie mit rein?« (Kurz!). Ich schlenkerte energisch den Kopf : »Muß noch arbeiten, Herr Bauer : bete und arbeete, und arbeete ... Sie wissen ja selber!« »Wann erscheint Ihr Buch denn?« »So es dem Herrn gefällt : Anfang November« sagte ich wahrheitsgemäß. Aber auch : »Freuen Sie sich nicht zu sehr drauf : rabiate Sachen, und düster dazu. – Mich wundert bloß, daß es überhaupt erscheint.« Zwang mich zu lächeln : »Also : –«; da ging die Tür die klipp die klapp, da kam die Katz die tripp die trapp; und ich sah gedankenlos auf das schwarze nasse Holzrechteck : eine Tür, eine Tür; wer doch eine Tür hätte; und das Bild und das Wort kamen mit mir ums Haus, um den winzigen Rasenfleck, durch die Sohlen spürte man den scharfen Kies, die Verdunkelung rechts war gut, und wieder eine »Tür«; ich ging in meine Tür, hakte am selbstgemachten Drahtriegel, und wieder auf, und setzte mich an meinen Tisch : wenn ich will, kann ich ihm ein »L« ins rechte Hinterbein schnitzen, ni Dieu, ni maître (aber es würde ihm wohl weh tun; lieber schnitz ich mirs selbst ins rechte Hinterbein).

Schraders Haustochter : (denn er hielt auch so ne arme Lowood-Waise von 15) : »Ein Telegramm für Sie : kommen Sie doch bitte an Apperat!« Stühle schurrten hastig; Sprünge gingen; und ich saß steif und dünn am flachen Tisch. –

Lange : Sie kam lange nicht wieder (würde drüben noch fahrig plaudern, straff und small talk, verarbeiten und Zeit gewinnen; nun, ich würde ihr Alles leicht machen); endlich hörte man ihre Schritte draußen. Sie sprach halblaut mit Grete (die also auch mit drüben gewesen war), man zögerte; dann kam sie herein zu mir, setzte sich auf meinen Schoß und legte mir Arme und Gesicht über die Schulter.

Sie sagte : »Du bist der Letzte gewesen. – : Du warst aber auch Alles : Alles!«. Wir hielten uns und schwiegen.

Sie sagte : »Ich hab nie geglaubt – nie gehofft – daß ein Mann so sein könnte, wie Du : ich bin nie so glücklich gewesen : – – –. – Eigentlich warst Du auch der Erste!« Wir zitterten und schwiegen.

Sie sagte : »Am Sonnabend; übermorgen; fahr ich. – Ich fahr nach Mexiko : ich hab alle Papiere. Von Frankfurt aus mit dem Flugzeug; eben kams, daß die Fahrkarten da sind. –«

Sie sagte : »Er ist 61 und reich; wir haben unsre Bilder.« Sie zuckte und nahm mich fester in die Hände. »Ich werde ganz sorglos leben können; er hat allein über 10 000 Dollar hinterlegen müssen. Und noch die Fahrt bezahlen!« Wir hielten die avernischen Gesichter aneinander und bissen hinein.

Sie sagte : »Du!! – – Erster und Letzter!« Und die Stimme zerbrach hinter meinem Halse. – –

Allein : ich schob auf den Platz, und ein verbeulter Goldeimer hing in Wolkenklüfte; am Hange flüsterten zwei : alrunisches Schwarzwasser und der Wind dieser Nacht : ich schrie : kein Teufel kam und holte mich! (Schreien ist auch Quatsch; schon wegen ihr.) Aber ich wollte noch ein paar Stunden hinüber ins Licht.

Radio und Unordnung tief in der Nacht : Sie krampfte meine Jacke in beiden Fäusten und tat mir vorn weh und sagte mit verzerrtem Mund und spiegelnden Augen : »Wir müssen aber packen« (da hörten wir auch, daß sich ein »Verband ehemaliger Minenräumer« gebildet habe, und Ansprüche anmelde!) Grete zupfte sie hinter die hispanische Wand und flüsterte : »Ich schlaf heut nachher drüben bei ihm! – Ja!«; »Ach, es hat keinen Sinn –« sagte Lore gequält und vertan; »Doch!« beteuerte Grete fanatisch : sie wisperten kurz; dann sagte Grete erloschen : »Ach so –«. Atmete zitternd ein : »Ja, dann hats auch keinen Zweck!«. Sie kam hastig hervor, dienerte vor dem größten Koffer und sagte automatisch in das bißchen Öffnung: »Du nimmst Dir meine Federbetten, wenn ich dann weg bin. Auch die Bettstelle,« und kniebeugte hoch, und setzte einen Kommodenschub auf den Tisch. (»In ganz Europa – / in ganz Europa – / in ganz Europa: / gibts nicht solchen O-papa!«) Grete erstickte empört den Repräsentanten unseres Wiederaufbaus; ich las ihnen vor, und sie packten, zögerten, sahen mich stöhnend an; und ich las vor:

»*Wir saßen einmal beisammen* in des Kaisers großer Halle; es ging schon gegen Mitternacht, aber die Becher wurden noch nicht leer, und die Trinker wurden immer erfreuter des edlen Getränks und der geselligen Mitteilung. Mein Vetter Roland sprach davon, wie er die Heiden so oftmals geschlagen habe, von der Elbe bis an den Ebro (dergleichen Reden er sonst nicht zu führen pflegte), und dann rann es ihm zwischendurch von den Lippen in goldnen Worten der Wahrheit, wie eine Prophezeihung dessen, so ihm bei Ronceval bevorstand: O mein herzlieber Vetter, Du hast es nun schon erlitten, und auch Dein Schwager Olivier, der damals mit uns so guter Dinge war. Der Erzbischof Turpin wollte bei unserm Feste nicht recht daran glauben; er meinte, dergleichen Äußerungen gehören dem Gotte Baccho an, nicht aber den frommen Offenbarungen aus echter Eingebung. Ach, ihm ist seitdem gleichermaßen der Name Ronceval durch das gottselige Herz gedrungen: / Aber wir wußten zu der Zeit noch wenig davon, und saßen vergnügt beisammen, wie ich Dir soeben beschrieben habe, Organtin. Da geschah es, daß eine der Marmorplatten des Bodens sich auf eine wunderliche Weise zu regen begann. Nun hob sie sich, nun senkte sie sich, recht wie eine Meereswoge im annahenden Sturme, und der Natur eines eingefugten Steines durchaus zuwider. Wir hatten unsre Lust dran, aber in Wehklagen hat sie sich verkehrt. Freilich nicht alsobald, sondern wie es der Welt Art ist: langes Würzen, schnelles Stürzen. / Nun, wir Alle sahen, wie ein Mann in morgenländischer buntfarbiger, goldglänzender Tracht unter dem Steine heraufstieg, und dem Erdboden durch einen Wink gebot, sich hinter ihm zu verschließen. Der Stein lag wieder fest. Aber der unter ihm hervorgekommen war, neigte sich gegen uns Alle im Kreise rings herum, zwar auf eine ganz fremde muhammedanische Weise, jedoch sehr höflich. Nun bat er um Erlaubnis, uns mit allerhand Proben seiner Kunst unterhalten zu dürfen. Turpin, der Erzbischof, warnte. Es sei zu nicht geheurer Stunde, sagte er, des Fremden Eintritt zeige sein Treiben an, denn von unten herauf sei er gekommen; und in Kurzem : dieser edlen Versammlung liege es ob, sich vor bedrohlichem Übel zu hüten. Wir aber meinten, es geschehe damit unsrer Ritterlichkeit eine Schmach, und forderten den Fremden auf, zu zeigen, was er Schönes und Ergötzliches zu bringen verstehe. / Ei, was er nun der Herrlichkeiten vor uns aufschloß! Die hängenden Gärten der Semiramis stiegen empor, und dann wieder der ungeheure Colossus von Rhodus, unter dessen gespreizten Beinen die hochmastigen Schiffe hinsegelten, und dann die andern der sieben Weltwunder. Und wenn es dabei noch geblieben wäre! Aber auch die alten Helden wandelten herauf, und fochten ihre Schlachten vor unsern Augen durch : Hektor, und Alexander, und Hannibal, und Furius Camillus, und dabei sprachen sie immer in ihrer eignen Mundart, welche zwar Keiner von uns (den Erzbischof Turpin etwa ausgenommen) erlernt hatte, dennoch aber in diesem Hexenspiele Jedermann auf eine unbegreifliche Weise verstand. Endlich sagte er : er wolle uns nun zum Beschluß noch recht die auserlesene Lieblichkeit der hesperischen Gärten zeigen, aber die Damen müßten mit dabei sein, vor Männern allein eröffne er diese wunderherrlichen Pforten nicht, und habe auch nicht einmal die Macht dazu. Carolus Magnus, gleich uns Allen schon in den mannigfachen Blendungen seiner Zauberei schwankend und halb berauscht, gebot, die Kaiserin zu wecken, und daß sie nebst den edlen Frauen ihres Hofhalts in der Halle erscheine.

Sie traten herein, die holden Gestalten, und feuerglühende Blicke schoß der Muhammedaner durch ihre lieblichen Reihen. – »Es fehlt noch Eine!« rief er mit einemmale zürnend aus. – »Das wird meine Tochter Mathilde sein,« sagte ein uralter Ritter »die kommt nur auf mein besonderes Geheiß, und ich will nicht, daß sie bei diesen Teufelsgaukeleien erscheinen soll.« – Der Muhammedaner aber lächelte höhnisch, und sprach in den Bart, worauf die Heldengestalt Hektors, an der der alte Ritter seine Freude ganz unverhohlen geäußert hatte, plötzlich neben ihm stand, und ihm angelegentlich ins Ohr sprach. – »Holt meine Tochter«, sagte nach einigen Augenblicken der Greis, zweien Kammerfräulein, die nach ihr gesandt wurden, zur Bewährung seines Willens einen Siegelring mitgebend. / Mathilde trat in die Halle, schüchtern, demütig, und so wunderschön, daß Blick und Herz eines jeden Ritters ihr entgegenflog. Sie aber, sobald sie des Muhammedaners ansichtig geworden war, der wunderliche Zeichen auf den Boden schrieb, und uns Andern mit einemmale überaus häßlich vorkam, hatte nur Augen für ihn. »O, die hesperischen Gärten –« lispelte sie mit himmlischer Anmut »– die goldbefruchteten Bäume; und Herakles in ihrem Schatten – ! –« Wir sahen von alle dem nichts, wohl aber, wie sie, fast zu Tränen zerfließend, immer weiter vorwärts schwankte, dem Magier entgegen, der, sie plötzlich in seine Arme fassend, mit Hohngelächter ausrief: »Die wollt' ich!!« und vor unsern Augen mit ihr unter den Stein hinabsank, unter dem er hervorgekommen war. / Wir, voller Grimm und Entsetzen, faßten den Stein, aber er lag wieder fest und starr eingefugt, so, daß wir aus dem Saale rannten, Maurer und Schmiede zu holen. Zurückkommend aber sahen wir, wie der alte Vater in seiner gewaltigen Verzweiflung auf dem Boden lag, und im Nachscharren nach seinem einzigen Kinde den Stein bereits mit übermenschlicher Kraft zu lüften begann. Freilich floß ihm das Blut dabei über die verletzten Nägel und Finger herab. Es gelang ihm denn doch, und der Stein wich vom

Platze. Darunter aber sah man nichts, als die feste dunstige Erde, und eine abscheuliche Kröte, die uns aus grellen Augen und fauchendem Schlunde angrinste, ja, als die herbeigerufenen Arbeiter nachher das ganze Marmorpflaster aufrissen, kamen so viele häßliche und giftige Wurmgestalten zum Vorschein, daß wir alle aus dem Saale flüchtig werden mußten. / Ganz Aachen lag in Trauer über die verlorne schöne Mathilde, nicht allein, weil sie den edelsten Häusern verwandt war, sondern vorzüglich, weil sie an Holdseeligkeit, Anmut und jedweder Tugend vor allen Frauen der Welt herrlich leuchtete, wie denn auch ich Dir versichern kann, Organtin, daß mir das Herz bei ihrem Angedenken recht schmerzlich wehe tut. / Einigermaßen beruhigte uns der weise Erzbischof Turpin. Der versprach : um dieselbe Stunde, wo Mathilde verschwunden sei, wolle er in der nächsten Nacht in den Saal dringen, und wir sollten mit dabei sein, und zusehn, wie er die liebreizende Jungfrau wieder aus der Unterwelt herauf beschwöre. / Es geschah nach seinen Worten : das Ungeziefer auf dem Fußboden wich vor des gewaltigen Beschwörers Formeln, und als nun das gräuliche Gewimmel fort war, hörten wirs unter uns, wie eine dumpfe wunderliche Tanzmusik. / »Sie feiern ihr Siegesfest da unten« murmelte Turpin vor sich hin, »aber ich hoffe doch, ich will es ihnen verstören.« – Nun fing er an, heilige und höchst unerhörte Worte auszusprechen, die meine sündliche armselige Zunge nicht nachsagen darf, und vor denen das Musizieren aus der Tiefe zum mißklingenden Gejammer ward. Bald darauf rauschte der Wehelaut näher und gewaltiger herauf, der dunstige Erdstaub drehte sich und wirbelte an der Stelle, wo Mathilde verschwunden war, und klaffte plötzlich zum gähnenden Spalt auseinander. – »Triumph!« rief Turpin : »Triumph! Der Abgrund gibt sie uns wieder!« – Aber Mathilde erschien ganz anders, als wir gemeint hatten. Mit halbem Leibe hob sie sich aus dem Schlunde empor, in ein schwefelblaues und feuerflammendes Gewand gekleidet, vor dessen unstätem Flackern ihr Antlitz in einem Augenblick totenbleich, im andern furchtbar glühend aussah. Dabei flogen ihr die Haare wie Schlangen um die verstörten, fast unkenntlich gewordenen Gesichtszüge hin, während sie mit gleichfalls entstellter gellender Stimme ausrief : »Laß mich in Frieden! In Frieden laß mich, Du frömmelndes Gesindel! Ich rat es Dir! Hei! steht nun vollends der Alte da, der mich erzeugt hat; der meint, ich sei ihm zu eigen, und er mein Herr, und er wundert sich nun : Herr Vater, ihr habt mich gehalten wie ein blödsinnig Kind. Hier unten aber haben sie der Freuden gar mannigfach und viele, und hier gefällts mir. Hier unten will ich bleiben. Ihr werdet sagen, dann sei ich ewig verdammt : ja, Kinder : mit dem Seeligwerden ists eine wunderliche Sache : wirds Mancher nicht, der doch die ernsthaftesten Anstalten dazu macht. Drum halt ichs mit der sichern Lust. Und stört mich nicht; ich warn Euch nochmals! Sonst komm ich in der tiefen schweren Mitternacht, herauf komm ich als ein alrunisch Weib, und setz mich auf Caroli Magni Bett und ängst ihn sehr, würg an der Kehle ihn, saug ihm sein Blut, sprech ihm in das Ohr von sinnverwirrendem Geschichtenkram ne Last! Hüt Dich Beschwörer Turpin, Du zu meist! Bist auch kein sündlos Lamm, und hast der bösen Flecken mancherlei, darum Dich Unsresgleichen strafen darf : behaltet Eure Wahl, gönnt mir meine. – Hört ihrs nicht? Merkt ihrs nicht? Sie stimmen schon unten die Geigen, sie stecken die Kronleuchter an mit Pech und Schwefel : s wird Zeit : Hinab : Juch! Juchhe!!« ......«

Nachts um 4 Uhr : Wir blökten gelbe müde Augen ins Licht, aber wir mußten arbeiten, bis wir umfielen. Sie legte mir dann ein glitzerndes Stückchen Karton hin : das war Er also : ein dürres ermattetes Gesicht; ohne Haare (nur in den Ohren wohl; man sah es nicht genau); zwei – »Syndikus und Gutsbesitzer« hauchte sie – zwei breite Schmisse spalteten die linke Backe, und es zuckte mir böse um den Mund : wenn sich arme Papuas und Australneger Schmucknarben beibringen, dann sagt man : die wissens nicht besser! Aber wenn unsre Studenten sich die ohnehin nur geringe Menschenähnlichkeit atavistisch zerhacken : und dann noch stolz darauf sind : – na, ich unterdrückte solche Reflexionen um ihretwillen und gab ihr das gekritzte Geschiebe zurück (auch son blödsinniger Ausdruck!)

Ich polterte hoch und drückte mit auf eine Ecke : jetzt ging er gut zu. Ich sah auf die fuchsrote leicht gewölbte Fläche mit den blitzenden Blechecken; ich fing plötzlich an zu zittern; ich sagte : »Wenn man 10 Pfund Kaffee hätte, könnte man vielleicht – Balken und Bretter – besorgen –« ich lachte einfältig und machte die alberne Gaunerbewegung mit der verbogenen rechten Hand : »Ein Häusel im Wald bauen ...« murmelte ich hilflos und schamkarg (blöd!). Wir standen und starrten uns an; da strich ich hart die Luft und heftig mit der Hand, schüttelte den Kopf und ging durch die Tür (Eine Tür, eine Tür.)

Fenster bleibt zu : erfroren sind schon Viele : erstunken ist noch Keiner. Ich schlug die Zeltbahn zurück und streute auf die Bretter englisches Insektenpulver mit DDT and with a lavish hand : beim losen Dichtervölkchen weiß man nie! Dann hinlegen; Stellung wie im Hockergrab; und ich schlief nicht (Kreiste mein Gehirn, Bilder- und Wortirrnisse; Bilder- und Wortöden, zu viel, zu viel, bis die Mühle nicht mehr klapperte).

Wieder fast Abend : denn die Wolken rüsteten sich schon wieder einer langen unbekannt wilden Reise entgegen; und der Lügnermond (wie alle Blaßgesichter!) bog sich mokant inmitten ehrsamen Silberhaars.

Vorm Dorf raffte ich einen Feuerstein hoch übern Kopf und zog den Arm mit aller Kraft nieder : auf diesem steinernen Stern zerschmiß ich Steine; geschieht ihm recht.

»Geben Sie Alles!« forderte ich unternehmend : »Brot, Käse : was dran ist!« (Sollte Lores Karte vollständig abkaufen; es darf nichts in Feindeshand fallen, in diesem Falle also ans Gemeindeamt). – »Können Sie nicht Fleisch – oder Wurst : ist ja gleich – oder : Zucker : schon für die nächste Dekade mit geben?!« – Sie machte mißmutige Dicklippen; wir waren allein

im Laden; plötzlich sah sie mich von der Seite an : »Sie kriegen doch immer Amerikapakete –« plauderte sie halblos : »wenn da mal guter Kaffee drin is – –« dann schnitt sie stirnrunzelnd und flott immer ins Papiergemaser, zack hier die ganze Ecke runter; am Hals hatte sie ne Narbe von ner Drüsenoperation (dafür kann man ja nichts : aber Schmisse ...!!). Na, ich steckte sofort Alles weg, in die kleine schmucke Einkaufstasche, die wie aus buntem Bast aussah (war aber geflochtenes Cellophan, von Grete); auch in die Manteltaschen : es waren im Ganzen vielleicht 3 oder 4 Pfund Lebensmittel; wir kriegten ja nur 1050 Kalorien am Tage. Zahlen; wir benickten uns schurkisch aufgeräumt, ich quälte mich, bis ich lächelte, und verscholl in die Dämmerheit ...

Apel oben, ich die Hand am Leiterwagen : er hob ganz vorsichtig das Stroh und zeigte zwei riesige Kreissägen. »Die habt Ihr in der Eibia geklaut« sagte ich sofort, der Augur kennt den Genossen; und : »wollt Ihr Westermann Konkurrenz machen?! Das ist recht!!« (Denn das war der Wassermüller unten beim Mühlenhof, der für 10 Minuten 5 Mark verlangte, und, wenn ein armes Luder von Flüchtling mit einer selbst gerodeten Baumwurzel ankam, den noch wegnieselte : »S-tubben sägen wir hier nich!« – Allah tue ihm dies und das!) Der große Kuhfürst kicherte wohlgefällig und kitzelte sich noch zusätzlich. »Sicha« sagte er zufrieden und mit Würde : »da mach ich selbs noch eine auf : S-trom koscha nich so viel; und ich nehm bloß die Hälfte : was denksu, was der Alde s-puckt?!« und sein Gesicht rollte sich blitzschnell nach den Rändern hin auf, so lachte er : kein flacher Kopf, das! (Und mein Herz stieß mich wie mit Fäusten und verstört, und meine Haut bewegte sich schmerzhaft auf mir, und meine Zähne hätten gern geklappert : der kann sich eine Säge bauen, trabte es mit mir, als sich unsere Geräusche voneinander entfernten; und der Himmel verschob sich farblos über der Erde, rastlos, fahl, unerfreulich). Als ich oben war, floß mir auch Regen ums Gesicht, ganz kalt, und ich ging schräg und verstellt durch den windigen Hades (Orpheus hatte sie wieder bekommen; aber der konnte wohl auch singen).

»Wann fährst Du eigentlich. Genau?« Sie schluckte ganz schnell : »Morgen Mittag, 12 Uhr 4; geht der Zug von Krumau.« Ich legte die Sachen auf den Tisch, und Grete staunte wortreich, was ich alles gekriegt hätte : »Da bekommst Du Wurstschnitten mit, Lore!« rief sie erfreut; ein kleiner Kampf entstand, aber s war nur, daß mit jedem Wort die Sekunden vergingen. Auch ich, und lehnte mich flach ans Haus; Wind haderte und ich fror, was ich konnte : das machte Gänsehäute und vertrieb die Zeit.

Drinnen sprach ihremeine Stimme (noch : bis morgen um 12 Uhr 4 : vielleicht hatte er gar gnädige Verspätung)

Sie sagte hastig : »– und was denkst Du, was ich schicke!! – Ich weiß ja am besten, was hier fehlt : und Du tusts immer heimlich ins Essen, daß er nicht merkt, von wems kommt!« Ihremeine Stimme schlug und schwankte, sie prahlte zitternd : »Einen Pullover kriegst Du sofort : gleich als Erstes! Und Hautcreme!« Sie schaltete das Licht aus; sie sagte steinern und tonlos das Letzte zur Schluchzenden : »Ihr könntet doch eigentlich – – zusammen ziehen; ganz; hier rein. – Du bist doch genau so hin wie ich.« und bebte und stöhnte, während Jene qualig aufschrie : »Du bist verrückt!« Und eine ganz fremde Stimme meinte tönern : »Er würde ja doch nur an Dich denken, wenn er mich –« und weinte doch schon vor dem erbärmlichen Glück; dann, gefaßt, : »Er machts ja auch gar nich …« Nach langer Zeit murmelte Lore : »So hätt ich wenigstens noch ein Stückchen sicher gehabt.«

»Wir wollen einander nämlich nicht mehr schreiben; das hielte kein Mensch aus.«

»Sei nicht böse, Gretel –« : »Ach nein!!«

Dünnes Mädchenzeug rauschte und knitterte; Knöpfe klingten leicht an Stühle; noch waren drinnen zwei warme feste Leiber.

»Du schickst aber jedes Buch, jeden Zeitungsschnitzel; und schreibst.« »Ich schick Geld zu m Foto und ner Schreibmaschine.« Eifrig : »Du führst ein Tagebuch, Grete, Du! : Und schickst mirs immer!« Dann schloß ein dunkler Stimmtrümmer : »Ich werds auch ...« und dann brachen sie ineinander. (Während ich an der härenen Mauer entlangschwand).

Jeder für sich löffelten wir ganz schnell den krustigen gelben (aufgebratenen) Kartoffelbrei von Gestern. Der große Koffer; ein mittlerer, um halb elf waren wir bereit; Heia Safari. (Der kleine hinten auf Gretes Rad geschnallt, das sie führte. Der große war mir gerade recht). Der Wind kam kalt, und der Himmel war grau : ich kanns auch noch anders schildern!!

Schrader erschien in Gestalt eines Menschen am Zaun; unter ihm geübt gebreitete Rednerhände; wir hieltens aber nicht aus, und gingen bald weiter. Durch Blakenhof (wo ich den Koffer auf die andre Schulter nahm) dann den Landweg nach Rodegrund, nach Krumau.

Ein Bauernweg : er ging durch Brand's Haide (aber rechts waren keine Bäume mehr; nur rostiges und grünliches Gefläch, mit ganz seltenen gretehohen Föhren). Zwei sandige Wagenspuren, grasbandgetrennt; neben uns hantierten mißtönig, undeutsam, Unterholz und Hochwald; einmal hatte sie Rauhes geflucht, als wir an unserm Haidlein vorbeigingen, -schoben, -stampften; auch die Nase geputzt. (»Warm und still versteckte sich der Abend bei Rauchrot und Ackergrau«, I remember, I remember : »Dörflich glomm die Butzenscheibe des Mondes im Wacholder –«). Ich sprang auf, legte gelenkig den Dicken hoch : das kann Alles schweigend geschehn.

Schweiß fraß mir neben der Nase im Totenkopf, aber ich war froh, daß ich auch noch anderes fühlte : gesegnet sei unsere physikalische Seite, nischt wie Drüsen und traulicher Gestank, Saft und Haare, phlegma kai chole.

Ächzende Flederwolken dicht über uns auf häutenen Schwingen, kreisten ständig, pfiffen aus grauledernen Hohlbrüsten überm

Wipfelrand, uns nach, uns nach. Ihr Haar flog wie Birkenlaub; und nadlige Decke, 10 Meter hoch links oben über uns flachgespannt.

Der Bahnhof : schön irrsinnig nach den Richtlinien von 1890 erbaut, aus jenen spezifischen amtlichen Ziegeln, mit unnachahmlichen Fialen, und Grete verabschiedete sich ängstlich; wir nestelten das Gepäck herunter; sie faßten sich stumm an den Armen : mit 12 Jahren waren sie schon zusammen in dieselbe Klasse gegangen, während jetzt die Güterwaggons neben uns rangierten und zweckmäßig lärmten. Dann entkam sie auf ihrem Rade; und wir gingen die 5 Stufen hoch, Fahrkarten kaufen.

Auf dem Bahnsteig blies der Wind an den runden Eisensäulen; um 11 Uhr 58 hielten wir uns die gefrorenen Hände (ich muß wie ein Kandidat aussehen in dem engen schwarzen Mantel!) Wieder schnappte der lange Zeiger, und wir zitterten wie die Besessenen (Bald brauchst Du nicht mehr zu frieren, Liebste, hoffentlich!). Es wäre aber nur die schlechte Nachahmung eines Kusses geworden; denn schon standen auch 50 Andere mit Säcken und Kistchen am Steinsaum. Wir zuckten nicht, als er dröhnend einfuhr.

Und wie! In Trauben hingen sie an den Trittbrettern; ritten auf Puffern, sprangen von den Dachgewölben : und es knackte wie Knochen im Nahkampf. Ich rannte pfeilschnell nach ganz hinten, wo 6 Güterwagen, gedeckte, dranhingen, und ein ältlicher Beamter aus der Schiebetür sah. Ich riß noch im Laufen die 3 Camelpackungen heraus : »Nehmen Sie meine Frau rein, ja?!« Er zuckte empört hoch; ich warf die Letzte, die Vierte, mit in die Handfläche und hielt Alles an sein abgeschabtes Knie : er sah sich um, und bückte sich, und : nahms. »Vorn hin, ins Bremserhäuschen –« zischte er : »erst das Gepäck –«. Der Page lief; während Lore damenhaft zurückblieb und nur langsam die Hauptkampflinie herabkam. Der Bestochene kletterte emsig im eisernen Gebälk und baute die Koffer ein, ließ die Tür gefällig offen und ging kühl um mich herum, ein Auge zu : da federt meine Frau in zwei Sätzen hoch!!

12 Uhr 4 : sie stand auf der Eisenstiege : in einer Hand eine Tür, in der andern einen schwarzen Stab; ihr Kinn flackerte; sie rief : »Gib mir noch was. Von Dir!« Ich fuhr zusammen : ich hatte nichts; ich schlug die Hand an die linke Schulter und kam an Stoff; ich riß ein Stück herunter und warf es ihr hoch, lachte eine Sekunde lang, und betete sie weiter mit Augen an. Ein höllisches gurgelndes Rollen begann unter uns; das Bild oben verschob sich leise nach rechts : sie warf mir das Schwarzeck vor die Brust und schrie verzweifelt : »Du bist –« schloß den. Wilden. Wünschelmund. Und wir sahen uns noch ein bißchen an (Ikonodulen).

Ich stieß den Lappen gleichgültig vorbei und ging rasch und geschäftlich entlang, ersprang Treppen, probierte Geländer mit der Hand, holzbelegte, gab die Bahnsteigkarte in zangenbewehrte Finger : schön war draußen der leere hellgraue Platz (wie meine Seele : leer und hellgrau!) auf dem der hohe Wind mich mit Staubgebärden umtanzte; wir waren allein, hellgrau und frei, ni Dieu, ni Maîtresse. Ich hatte große Lust, die Windschwünge mit den Armen nachzuahmen, unterließ es aber, der Schuljugend wegen. Dafür hing an der Post im Zeitungskasten ein Bild : in der Baseball Ruhmeshalle Amerikas zeigte man einem kid den Dreß Babe Ruth's : sollte man nicht doch Kommunist werden?! (Aber die ließen ja auch Wielands Osmannstädt zerfallen : also auch nicht!)

»Kann ich bitte ne spitze Schreibfeder bekommen?« »Leider nicht am Lager.« – »Ah, danke!«

Erst Felder, dann Haiden, bloß nicht hinsetzen, dann schwankte der Wald näher : man könnte hineingehen und was Weniges verzweifeln; aber die Straße war zum Trotten bequemer, und in mir wars still wie in einem Schrank.

Viele weiße Zettel hingen beim Gemeindeamt, und ich las mir Eins. Kommenden Freitag brachte Adventistenprediger Bögelmann allen Interessenten die volle Vergebung der Sünden; andrerseits wurde auch das Wasser wieder abgesperrt : da mußte ich gleich rauf, und welches einlassen, damit Grete heut Abend welches zum Waschen hatte.

Dröhnend rauschte das Wasser aus dem breiten Gummischlauch, mit dem ich Eimer und Wannen füllte, täubend und spritzend in der engen Steinzelle; ich trug sie hin und her in beiden Händen; trat vor die Tür und trocknete mich im fahrenden Wind :

Also : Weine nicht, Liu!

Arno Schmidt
Seelandschaft mit Pocahontas
Erzählung
st 5271. Broschur. 77 Seiten
(978-3-518-47271-2)

Die Geschichte einer spontanen und flüchtigen Sommerliebe in der niedersächsischen Seelandschaft. Es sind die 50er Jahre, Joachim und Selma genießen idyllische Tage in der Natur, sie paddeln auf dem See und verlieren sich in erotischen Traumwelten. Doch die Realität holt sie bald ein …

Die vielleicht zärtlichste Prosa Arno Schmidts.

»Schmidts wohl schönste Liebesgeschichte.«
Walter Kempowski

Mehr zu Arno Schmidt:
www.arno-schmidt-stiftung.de

suhrkamp taschenbuch

Weitere Informationen erhalten Sie unter www.suhrkamp.de
oder in Ihrer Buchhandlung.

Arno Schmidt
Die Gelehrtenrepublik
Roman
st 5333. Broschur. 176 Seiten
(978-3-518-47333-7)

Ein amerikanischer Reporter entdeckt unbekannte Mutanten, die nach einem Atomkrieg entstanden sind, und findet in einem Asyl für Künstler und Wissenschaftler einen Schauplatz des kalten Krieges voller grausiger Überraschungen.

»Ein Buch wie ein Rauschmittel.«
Die Welt

»Lesen Sie Schmidt. Sie werden aus dem Staunen nicht mehr herauskommen.«
Thomas von Steinaecker, Die Welt

Mehr zu Arno Schmidt:
www.arno-schmidt-stiftung.de

suhrkamp taschenbuch

Weitere Informationen erhalten Sie unter www.suhrkamp.de
oder in Ihrer Buchhandlung.

Arno Schmidt
Aus dem Leben eines Fauns
Roman
st 5332. Broschur. 126 Seiten
(978-3-518-47332-0)

Ein vermeintlich angepasster Gemeindebeamter und seine jugendliche Geliebte werden im Spätsommer 1944 denunziert, doch ein Bombenangriff auf die benachbarte Munitionsfabrik kommt den polizeilichen Ermittlungen zuvor. Die Liebenden können fliehen – aber ob sie den Krieg überleben, bleibt ungewiß.

»Ein Sprachkunstwerk, für das es in der Nachkriegsliteratur nicht seinesgleichen gibt.«
goodreads

Mehr zu Arno Schmidt:
www.arno-schmidt-stiftung.de

suhrkamp taschenbuch

Weitere Informationen erhalten Sie unter www.suhrkamp.de
oder in Ihrer Buchhandlung.